삶이 뭐 길래?

삶이 뭐길래?

김한진 시집

정은출판

시인의 말

"시 한 수로 세상을 바꾼다." 참 멋있는 말이다. 이 말에 반해 시를 쓴다. 문학은 언어를 통해 미를 추구한다고 한다. 세상은 변화한다. 그리고 갈수록 복잡하고 더럽혀진다. 이를 아름답게 바꾸려면 문학이 필요하다. 시인이 시로 세상을 바꾸려면, 독자에게 감동이나 충격을 주거나 깨달음을 갖게 하는 시를 써야 한다. 꿈도 크다 하겠지만, 독자 마음에 닿는 시 한 수가 시인의 평생 소망이다.

긴 한숨 소리만 내어도, 원시인은 시가 된다고 한다. 그야 원시인은 자연과 사물과 신과 자아가 하나가 되었고, 생과 사가 따로 없는 삶이기 때문일 것이다. 지금은 언어와 문자로 시를 짓고 읊조린다. 원시시대보다 시작 도구는 좋아졌다. 하지만 복잡한 현대 과학정보사회에서, 독자를 카타르시스 시켜줄 시작이 쉽지 않다. 내 시 한 수가 현대인에게 머리를 식혀주고, 가슴을 따뜻하게 해줄 수 있다면 얼마나 좋을까!

그리스 시대 이성에 기초한 고전 시, 르네상스를 거치고 산업화시대의 감성에 기초한 낭만 시, 사실에 기초한 리얼리즘 시가 등장하였다. 또 기존 전통 방식의 시작 스타일을 바꾸어보려는 모더니즘이나 포스트모더니즘 시도 있다. 모두가 시 한 수로 세상을 바꾸어보려는, 시인의 큰 꿈이 담겨

있다고 생각한다.

늦게 시작한 시 공부, 시가 무엇이고 어떻게 써야 하는지에 대하여 고민을 많이 했다. 시집을 꼭 내야 하나라는 생각도 해봤다. 시인이라면 시집 하나는 있어야 한다고, 동료 시인은 말한다. 그래서 큰마음 먹고 이번에 시집 한 권을 내게 되었다.

시집 주제는 아직도 풀리지 않는 수수께끼 같은 "삶이 뭐길래"로 하였다. "인생은 미완성 쓰다가 마는 편지"라는 노래가 떠오른다. 나는 '시인은 미완성 시를 쓰다가 마는 인생'이라고 바꿔 부르고 싶다. 앞으로 인간의 정서를 담은 AI가 시를 짓는 시대가 올지도 모르지만, 그런 일이 오지 않도록 나부터 좋은 시를 쓰려고 다짐해본다.

끝으로 그동안 시집을 내는데, 도움을 주신 친지 여러분께 감사하다는 말씀을 드립니다. 감사합니다.

2021년 6월 7일

海崗 김 한 진

차 례

제2부 낭만의 쉼터

제3부 세상 엿보기

제4부 고궁에 가면

제5부 둥지를 찾아서

제1부 삶이 뭐길래

청보리 벼 이삭 감나무의 푸르름이

계절 따라 누렇게 변하는 것은

자연의 이치인 걸

갈 까마귀

소나무에 어제 내린 눈
녹지 않고
그대로 쌓여 있건만

지나가는 갈 까마귀
한 해 또 지나간다고
까~옥 까~옥 까~옥
소리치며 야단이다.

햇님도 안타까움에
떠오르다 말고 구름 뒤로
숨어버린다.

쬐금 눈 붙이고 나니
햇님은 또 서산마루
넘어가며 미안한 듯
얼굴 붉힌다.

까마귀인들 가는 세월
어찌 막으랴

겸손

아기엔젤트럼펫 꽃필 때는
고개 숙여 청아한 모습으로
땅 보고 핀다.

자기를 낮출 줄 아는
아기엔젤트럼펫 꽃

마냥 좋아하는 건 금물
겸손도 지나치면 교만

불나방 유혹하는 트럼펫
꽃말도 덧없는 사랑

천사의 나팔 닮은 너를
겸손이라면

좀 안다고 우쭐대는
나는 교만

고독

아파트 거실
조금 열린 창문
커튼 사이로
구름에 반쯤 가린
아눌 한 그믐달

벽엔 고장 난 시계와
여행 떠난
가족사진 한 장

먹통 TV
멈춘 선풍기
탁자엔
빈 물병 하나 댕 그러니

왼손 턱 받치고
오른손엔 읽다 만
시집 한 권

공허

먼 산길 돌고 돌아
숨 가쁘게 달려온
고요한 숲속의 리조트

짐 풀고 몸 풀고
눈 감으니 별나라

허공에는 외줄에
매달린 케이블카
홀로 떠 있는
텅 빈 리조트

야생화 풀벌레 산새들
잠자는 새벽

숲속의 정적을 가르는
뱃고동 소리 꼬르륵 ~

그림자

소리 없이 등 뒤에 숨어서
따라 오다가도
돌아서면 서성이는 그림자

어두운 곳에서는 지레
겁먹고
제 모습 감춰버린다.

늘 나를 따라
다니면서도

흔적을 남기지 않는
내 마음 닮은
파란 그림자

어쩌면 또 다른 나

꿈의 퍼즐

꿈만 꾸면 맨날
과거의 덫에 갇혀
허우적거린다.

잠 설치고 서둘러 꿈 깨면
아차 그거야 하며
되돌려보려고 하지만

풀리지 않는 꿈의 퍼줄
맞추어 볼 겨를도 없이
꿈의 허상
씻은 듯 기억 속에서
사라져버린다.

꿈도 나이 들면
과거의 스펙트럼

조금씩만 보여주고
사라지는 찢겨나간
자서전 조각

나무는 말이 없다

나무라고 목석도 아니고 할 말
없겠나.

비 올 때는 나무도 주룩주룩
눈물 흘리고

바람 불 때는 속삭여도 보지만
들어 주는 사람은 없다.

눈 올 때는 춥다고 외쳐도 보지만
에코는 없다.

나무도 말은 안 하지만 외로움을
달랜다고 몸부림친다.

하지만 한 발자국도 움직이지
못하는 타고난 운명

나무는 말이 없다.

낯선 얼굴

빛바랜 사진첩 한 장
한 장 넘길 때마다
낯선 얼굴

제복 입은 학생도
캐주얼 차림 청년도
보랏빛 넥타이 맨 신사도

누굴까 정말 누구지
눈 비비고 꼼꼼히
들여다보다 깜짝 놀랐다.

거울에 비친 삭아버린
내 얼굴과 윤곽선이
똑 닮았다.

한 줌밖에 안 되는
세월의 무게가
내 얼굴을 이렇게도
낯설게 만들다니.

너만 모를 뿐

새가 봄이 왔다고 지저귄다.
씨~익 웃기도 하고
지지배배 노래도 한다.

날개 팔랑대며 허공에
그림도 그린다.

밤이면 부엉부엉 울기도
때로는 소곤소곤
흉도 본다.

새는 너의 가슴속 심상을
잘도 안다.

너만 모를 뿐

노을 진 갯벌

태양은 한낮에 쓰다
남은 열기를

저녁 무렵 허공에
모두 쏟아붓는다

오이도 갯벌에도
노을이 드리워지고

외롭게 서 있던 빨간
등대가 촛불을 켜고
길 잃은 사공을
유혹할 때쯤

뽀얗게 속살 드러낸
갯벌에 귀를 대보면

목말라 하는 생명의
숨소리 들려온다.
그것도 아주 작게

갯벌 속 작은 생명들
목이 탄다.

하지만 노을이 있어
풍요롭기만

눈뜸

영혼의 부름 받은 만남
눈빛만 봐도
설렘이 솟아나고
말이 필요 없다.

우연히 만나 벗이 되고
우정에 눈이 떴다

멀리 떨어져 있어도
영혼의
메아리는 그리움이 되어

이슬 먹은 물안개로
내 가슴에
뽀얗게 피어난다.

담벼락 붙잡고

마음이 답답할 때면 무작정
골목길을 걷는다.

때로는 캄캄한 밤 주룩주룩
내리는 비 적시며
걷기도 한다.

담벼락이 앞을 막으면
크게 소리를 지른다.

혼자서 헤쳐나가기 어려운
좌절과 시련

담벼락 붙잡고 답답한 가슴
손으로 치며 울기도 한다.

동행

아름다운 숲길 잔잔한 호숫가라도
혼자서 걷다 보면
때로는 외로움이 밀려와 긴
상념에 빠져들 때도 있다.

두렵고 힘들 때 우연히 만난 말벗
정감 있는 얘기 나누며 걷다 보면
한없이 발걸음이 가벼워진다.

한 번도 가보지 않은 인생길
동행하며 힘들 때
말벗이 건네주는 천금 같은
말 한마디
따뜻한 위안이 되고

길 잃고 방황할 때 너와 내가
동행하는 소중한 말벗이 된다면

힘들고 어두운 인생길이라도
거뜬히 헤쳐나갈 수 있으리

두 손 번쩍 들어 올려도

하늘에 가장 가까이 솟은
히말라야 최고봉 에베레스트

하얀 롱 패딩 차림으로
꿈속에 8848m 올라서
발뒤축 세우고
두 손 번쩍 들어 올려도

달님과 별님은 닿지 않고
잡힐 듯
미소만 짓는다.

정상에서도 이루지 못할
소망
이제는 아낌없이 쏟아내
버린다고 하지만
그나마 꿈 깨면 허상인 걸

이루지 못할 소망에 대한
미련 때문에
가슴이 한없이 시리어 온다.

뜬구름 이야기

마음이 울적할 때면
긴 편지를 쓴다.
쓰고 보면 늘 뜬구름

수신처는 공란
보낼 곳은 따로 없다

편지로 예쁜 종이비행기
접어
하늘 높이 날려 보냈다.

고대하던 답신은 해가
바뀌어도
오지 않았다.

뜬구름 이야기 담은
내 편지
누군가 받아 보고

펑펑 눈물 쏟아내면
그만인 걸

* 2019. 상반기 심상 등단 시

마음에 난 상처

예쁜 장미꽃 가시에 찔린 상처
낚싯바늘에 어쩌다 찔려
생긴 상처 시리긴 하지만
아픔은 그때 뿐

며칠 지나고 나면
아물기라도 하지만

그대가 던진 말 한마디
글 한 줄에
받은 마음의 상처

잊을 만하면 생각나서
나를 괴롭힌다.

혼자 울기도 한다.

마음에 난 상처 깊고도
오래간다.

나 또한 그대에게
무심코 내뱉은 말 한마디
너무나 후회스럽다

마지막 한걸음은

한 번도 가보지 않은 길

산도 넘어야 하고
강도 건너야

때로는 공중부양도

무의식 세계 저편에
서면
영혼이 움직인다.

홀로 가는 길
생각만 해도
외롭고 두렵다.

나는 아주 가끔은
남몰래 꿈속에서

실오라기라도
붙잡는 심정으로

신비의 서책을 뒤척이면

'마지막 한걸음은
혼자 간다.'는 글귀가

눈에 들어온다.

모래성 쌓기

해당화 미소 짓는 해변
밀물 썰물 들락거리는
바닷가에
개미 한 마리

모래성 쌓는다고
벽돌 물고 왔다 갔다
분주하다.

밀물이 들이닥치면
쌓던 성벽은
흔적도 없이
무너져버린다.

어쩌면 나의 삶도
백사장에 모래성 쌓기

성벽은 무너져도 모래알
몇 개는 남아 있겠지
하는 작은 소망뿐

무한 질주

열차 타고 초원을 달리다가
창밖을 보면
어느덧
억새꽃이 피어나고

초록 나무 숲길을 달리다가
하늘을 보면
어느덧
노을이 붉게 물든다.

낙엽 구르는 소리려니
했더니
무서리 내리는 소리

열차 탄 지 엊그제
같은데

어느덧 열차엔 나 홀로
남아 종착역을 향해
무한 질주 중

무임승차 중

나도 모르게 우연히
올라탄 살기 좋은
파란별

태양을 뱅글뱅글
한 바퀴 돌고 나면
1년

중도에 내릴 수도
없어
나도 덩달아 한 살
더 먹는다.

탑승료라도 밀리면
파란별에서
언제든지 강제 하차

몸은 차압
영혼은 먼 별나라로
쫓겨난다.

하지만 지금도
나는 파란별 위에서
행복 찾아
여기저기 누비며
무임승차 중

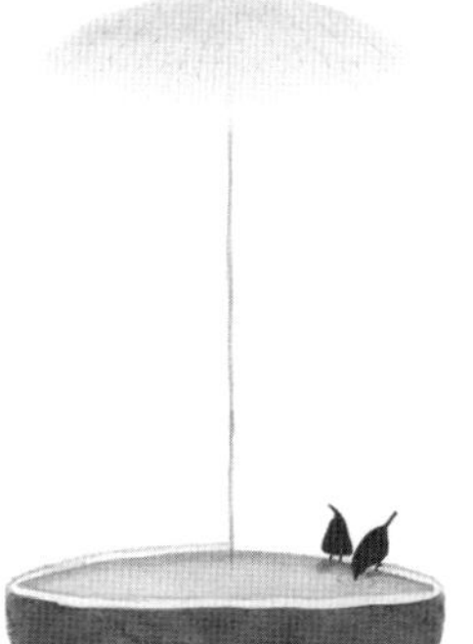

바다의 별

밤하늘에 빛나는 별들 온몸을
불태우면서 더 밝아지려고
경쟁이 치열하다.

경쟁에 밀린 별 작렬하게
바다에 떨어지면 별똥별

파도에 이리저리 휩쓸려
찌그러지고 허우적거린다.

내 모습이 생각나서
바다 밑에 손을 뻗쳤다.

뭉클한 별 하나를 건어 올렸다.
꿈틀거린다.
불가사리starfish다

별은 바다에 떨어져도
바다의 별이 되는구나.

* 2019. 상반기 심상 등단 시

별의 순간

별이 빛나듯 코스모스 꽃이 활짝 핀
가을 들판을 가로질러
하염없이 흘러가는 저 강물도

흘러가다 지치면 여울목에서
반짝이며 쉬었다 가기라도 하지만
흐르는 시간은 멈추지 않고
어디론가 속절없이 흘러만 간다.

과거는 과거 지나간 시간일 뿐
미래는 미래 오지 않은 시간

지금 붙잡고 있는 이 순간
놓치면 다시 되돌릴 수 없는
운명을 가르는 소중한 별의 순간

오늘도 반짝이는 별의 순간
붙잡으려고
발을 동동 구르며 밤하늘을
한없이 헤아려본다.

삶이 뭐 길래

온 누리가 푸른 오월이면 감꽃은 노랗게
피어나고
청보리도 고개 숙여 누렇게 익어 간다.

떫은 땡감이 따가운 햇살 받아 노랗게
꽃단장할 때쯤 되면
초록이던 벼 이삭도 누렇게 여물어간다.

바다 건너 서풍이 불어오는 날
누런 감잎은 낙엽이 되어 밭고랑에
떨어져 나뒹굴고
감나무엔 잘 익은 홍시만 주렁주렁

청보리 벼 이삭 감나무의 푸르름이
계절 따라 누렇게 변하는 것은
자연의 이치인 걸

삶도 쪼개 놓고 보면 언제나
푸른 것은 아니고
노을 지면 황혼으로 넘어간다.

"떫은 감 따 먹어도 이승이 좋다"는
말도 있다시피

삶 그것이 뭐 길래 지나온 세월
할 수만 있다면
다시 한번 복기하고 싶어진다.

'생生과 사死'의 몽상

천진난만했던 어린 시절에는 얼른 자라서 내가
하고 싶은 것들 실컷 해볼 거야 하는 생각뿐

철이 들어 인간이 영생할 수 없다는 것을
깨닫게 되는 순간
깊은 사유思惟에 빠져들었다.

언제 들이닥칠지도 모르는 죽음 앞에
할 수 있는 것이라곤
내 삶의 시간을 쪼개어 그냥 즐기고 말까
아니면 무엇인가 흔적이라도 남겨볼까 하는
기로에서 늘 망설이기도

어쩌면 인간 앞에 죽음이 기다리고 있기에
나태하지 않고 삶에 의욕을 갖게 하는 건
아닐까 하는 생각도 해본다.

그러나 한 번도 경험하지 못해본 죽음
한없이 두렵기만 하다.

"자연으로 돌아가라"는 말도 있다시피
자연은 언젠가는 가야 할 고향이고
영혼의 영원한 안식처

한 줌 흙으로 돌아가는 인생, 삶의 소중한
시간의 파편들
무엇을 할까 망설이며, 오늘도 생과 사의
몽상夢想적 사유에 빠져든다.

*2020. 7-8 문학秀 게재 시

욕망

오직 외길로만 걸어온 삶

말년에 모든 거 내려놓고
편히 쉬려고 해도

눈에 보이는 예쁜 꽃 보면
꺾고 싶기도

절제만 하며 살아온 삶의 둑
건잡을 수 없이

한꺼번에 봇물 터지듯
솟구치는 불타는 욕망

잠 설치는 밤 공들여
쌓아 올린 공든 탑도 날이 새면
와르르 무너져 버리는
허망한 꿈

용오름

천년 묵은 이무기
용트림하며 여의주 물고
하늘에 올라가려다

번번이 떨어지고
그 자리엔 용골도
용두암도
용머리 해안도 생겨났다.

용도 못 이루는 욕망
버릴 때도 되었건만

미련스럽게도
용꿈 꾸는 날엔 아직도
용오름 탄다고
발버둥 친다.

운명

나도 모르는 사이 쏜 화살촉
지금도 포물선을 그리며
종착점을 향해 나르고 있다

나르는 화살촉을 멈출 수도
바꿀 수도 없다면
그건 운명

운명의 궤적을
미리 알 수 있었다면

어설픈 체념 따위는 그만두고
돌아서라도 그리로 가봤을 걸 하며
후회하기도 한다.

지나고 보면 운명은
기막히게도
화살촉에 그대로 꽂혀
나르고 있고

내 눈엔 피눈물만

인생 설계변경은 없다

좋은 집 지으려면 꼼꼼히
설계도를 화선지에 그리고

공사 중에도 문제가 있으면
설계를 변경한다.

인생 여정이라고 다를 바 없다.
다른 것이 있다면
설계도면이 따로 없다는 것

자신도 모르는 인생 설계
그것은 움직일 수 없는
타고난 운명
층층이 탑을 쌓다 마는 것

지나간 인생 여정 돌아보면
미완의 운명적인 삶
설계변경은 없었다.

* 2020년 8월호 심상 게재 시

인생길

어디로 가는 지도
모른 채
낮에도 밤에도
앞만 보고 간다.

가다가 만나는 인연도
기쁨이나 슬픔도
가슴에 묻고
앞만 보고 간다.

힘들다고 인생길
돌아갈 수도
쉬어갈 수도 없다.

억울하다고 해도 가슴치고
소리 지를 수도 없다.

태초부터 인생길은
무엇과도 바꿀 수 없는
운명의 길이라서…

인생무상

누군가는 백마 타고 바람 따라 왔다가
바람 따라가고

누군가는 꽃가마 타고 구름 따라
왔다가 구름 따라가기도

누군가는 돛단배 타고 물결 따라
왔다가 물결 따라가기도

우리네 인생 바람 따라 구름 따라 물결 따라
가다 보면 비 오는 날도 있고 맑은 날도
있건만 지나고 보면

고통스러울 때건 부귀영화를 누리던 때건
한순간 허망한 꿈일 뿐 다시 오지 않는다.

한해의 첨정에서 바라보아도 어디서 왔다가
어디로 가는지 알 수 없는 덧없는 인생

혹시나 하는 마음에 내일의 희망을 갖고
삶의 가속 페달을 밟아본다.

인생 여정

산길에도 있는 이정표

낯 설은 인생 여정
어디로 가는 건지
얼마만큼 가는 건지
이정표는 없다.

시간과 거리도
모른 채

발길 닿는 데로
마음 가는 데로
앞만 보고 갈 뿐

인생 여정 이정표는
없다.

인연

이슬 먹은 나리꽃
아침 햇살에
눈물 글썽인다.

왜 그럴까

우연히 만나 눈이 맞아
인연 맺고

좋은 관계로 선연 맺었지만
삐지면 악연

인연도 필연이면 운명

한번 맺은 인연 소중히 여겨
오늘도 들에 핀 나리꽃 찾아
옷깃 여민다.

잃어버린 시간

화초도 꽃 피고 종자 씨앗 거두면
시들고 지는 것이 자연의 섭리인 걸

올 한 해는 내 곁에 멈춰버린 시간
잃어버린 시간만 잔뜩 쌓여 있을 뿐

꽃이 피었었는지조차 내 기억 속에
조금도 남아 있지 않다.

바람 따라 물결 따라 흘러가는
시간의 파편들 삶의 윤활유가 되지만

지나고 나면 그뿐 되돌릴 수 없다.

가끔 꿈속에서나 펼쳐지는
잃어버린 시간의 조각들
꿰맞춰 보려고 해도 자고나면
아리송하기만

멈춰버린 일상의 시계추를
흔들어 대며 애를 써 봐도

잃어버린 시간은 가슴만
멍 때릴 뿐
다시 돌아오지 않는다.

종점

산길 들길 때론 강도 건너
힘겹게 달려온 종점
다 왔다고 좋아했는데

엉겁결에 사람들 틈에
휩쓸려 다시 탄 버스
어디론가 또 출발한다.

종점은 끝이 아니라
새로운 출발점이기도 한 걸
나만 몰랐다.

12월 31일 한 해가 끝나는
종점인 줄 알았는데
알고 보면
새해가 시작되는 출발점인 걸

징검다리

샛강 징검다리
건널 때면
다리는 교각 몸통은 징검

한눈팔면
물에 첨벙 빠지고

후진은 안 된다
뒷발질로는
디딤돌 못 밟는다.

징검다리 건너면
안도의 한숨

물이 차면
훗날을 기약

어쩌면
그동안 내 삶은
징검다리 건너온 것
좋건 싫건
뒷걸음은 안 된다.

한줄기 빛

외딴집 창고 문은 닫혀있다.
인기척도 없다.

자물쇠는 녹슬고 얼키설키
거미줄로 처져있다.

비가 주룩주룩 내리는 밤
금방이라도
이마에 뿔난 귀신이 튀어
나올 것만 같다.

하지만 용기를 내어
문틈 새로 안을 들여다
보았다.

수십 년 묵은 흑암으로
가득 채워져 있다.

외딴집 닫힌 창고 문
열쇠는 어디 있는지
알 수 없다.

한줄기 빛만이 물리칠 수
있는 창고의 어둠

파문

동틀 무렵 청계 호수 산책길
고요함이 되레 불안스럽다

미끈한 조약돌 하나
집어 들고 호수에
내 던졌다

잔잔하던 호숫물이
깨지고
파문波紋이 일었다

호수의 정적을 가르는
파문
막혔던 가슴이 뻥 뚫리고

그동안 살며 담아 두었던
뭉그러진 물이 펑펑
쏟아졌다.

이제 내 빈 가슴에
언젠가 깨끗한 물이
다시 채워지겠지

* 2019. 상반기 심상지 등단 시

한편의 자서전

함박눈이 푹푹 내리는 산길
앞이 보이지 않는
낯선 갈림길 만나면

이리 갈까 저리 갈까
망설이며 당황하기 일쑤

살다 보면 삶의 갈림길은
무수히 많다.

그때마다 저 길로 갔을 걸 하며
후회한 적도
한두 번이 아니다.

그렇다고 지나온 길
다시 돌아갈 수도 없다.

갈림길마다 망설였던
파노라마 같은 지난 세월
모아 놓고 보면

내 삶의 소중한 궤적을 담은
한 편의 자서전

회한

나는 내 삶의 연기자

평탄한 길을 걸을 때나
자갈밭 길을 걸을 때도

지나고 보면
항상
내가 주인공

하지만
우수한 연기자는
아니었다.

지금
내 삶의 대본을
다시 쓴다 해도

고쳐 쓰거나
지워버려야 할
회한悔恨이
가득하다.

그래도 어쩌겠나.
그것도 되돌릴 수 없는
내 삶인 걸
그대로 쓸 수밖에

횡단보도

큰길로만 간다고 해도 가다 보면
샛길로 밀려난다.

다시 가로질러 가보려고
횡단보도 한복판에 서면
양편 대로엔 차량이 꼬리 물고
나를 뚫어지게 쳐다본다.

신호등엔 파란 불빛
여유만만 걷는 찰나의 순간

굉음소리 울리며 내 앞을
무단 질주하는 저승사자
등골이 오싹하다.

횡단보도에서 조차 물러설
수밖에 없는 두려움
나를 더 서글프게 한다.

후회

그때
나는 왜 그랬을까

지금 와서 생각해보면
너무나 후회스럽다

오늘도
내일도
지나고 보면

후회스러운 거

어쩌면 내 삶은
후회의 모음이
아니겠나.

흑암을 걷어내고

밤기차 타고 달려온 정동진
산야와 바다와 하늘이 흑암으로
덮여 하나다
태초의 모습 그대로

눈앞에 보이는 것이라곤
아무것도 없다.
그냥 검은 암벽
간간이 파도 소리만 들려올 뿐

손으로 흑암을 더듬어 하나씩
들어내며 해변에 당도했다.
더 이상은 흑암에 갇혀서
오도 가도 할 수 없다.
등골이 오싹하다

흑암 속에서 간혹 애절한 생명의
숨소리가 들려온다.
그때 엄마의 배꼽 밑에서 들었던
심장에서의 고동 소리

창조의 여신이 동녘 하늘에 붉게
노을을 드리우자
그토록 기다렸던
태양이 흑암을 걷어내고

저 멀리 수평선에 이글거리며
솟아오른다.
생명의 불빛이다.

흰 갈매기

거친 파도에도 발을 딛고
곡예 부리는
흰 갈매기 사공 삼아
돛단배 타고 아주 먼 바다로
떠나고 싶다.

별님이 미소 짓는 무인도에
닻을 내려
쉬어 가기도 하고

성난 파도 만나면
닻줄 꼭 붙잡고
버텨보리라

어차피 내 삶은 성난 파도
헤쳐 나가는 돛단배에
올라탄
흰 갈매기 아니던가.

제2부 낭만의 쉼터

구름 위로 걷는다는 생각으로

살아가는 삶

그런 낭만의 쉼터에서 오늘도

그 길을 걸어간다

겨울 나그네

서풍이 불면 왔다가 남풍 불면
가버리는
무정한 겨울 나그네

눈으로 볼 수도 없고 손으로
만질 수도 없지만
따스한 가슴으론 느낄 수 있지요.

좀 더 머물다 가시라고 매서운
눈보라 막아서서 손 비벼도
아랑곳하지 않던 겨울 나그네

눈물 먹은 나뭇가지에 새순이
돋아나고
꽃망울이 터질 때면

무정한 겨울 나그네 손 뼘만큼
꽃샘추위 남겨두고 서둘러
봇짐 싸서 기다렸다는 듯이

말벗인 양 세월마저 슬며시
데리고 가버린다.

겨울바람

겨울이면 찾아오는 달갑지 않은
손님

문밖에서 그냥 돌아가라고
매몰차게 밀칠 수도 없어
얼굴만 쬐금 내밀면

매서운 냉기 겹겹이 입은 옷
틈새로 막무가내 스며들어
온몸을 오돌오돌 떨게 한다.

미련스럽게도 냉기와 온기
내 몸에서
달콤한 연애라도 하려나

나갈 때는 섭섭했지만
들어올 때는
차가운 겨울 손님

내 몸에 안기면 아직도
솟구치는 열기로
온몸을 발갛게 달군다.

고양이 부러워

고양이 눈에 적색 경고등 켜고
쥐 잡는 앙칼진 모습

그건 다 옛날얘기
귀염둥이라는 애칭도 하사받은
고양이

주인 가슴에 안겨 하루 종일
야옹야옹 애교 부리며
아프면 병원에도 가고 호강한다.

나도 더 늙기 전에 고양이처럼
마님 치마폭에 안겨
너털웃음이라도 웃어볼까

* 2019년 서초문인협회 시화전 출품

긴 여름

양재천을 걷는다.
매미는 목청 돋우고
나 홀로 백로는
날갯짓하고

갈대밭에 피어난
핑크빛 백합꽃
고개 숙여
나를 반긴다.

여름이 한창이라
온몸에는 땀범벅
이까짓 더위쯤이야

영동교 그늘에서
가곡 '가을의 기도'를
소리 높여 부른다.

더운 긴 여름도 나에게는
좋은 시절 아니겠나.

꽃 배달

갑작스러운 벨 소리에
대문 열자

장미꽃 한 바구니
발신인은 공란

오늘은 나의 생일

나이 먹는다고
잊고 지내려고
했는데

그만 딱 걸렸다.
누가 보냈을까
궁금하기만

꽃의 신호등

신호등에 빨간 장미꽃이
피어나면
덩달아 얼굴은 빨개지고
발걸음을 멈춘다.

노란 달맞이꽃이 피어나면
설렘으로 발걸음을
머뭇거린다.

파란 물망초 꽃이 피어나면
보고 싶은 그리움에
발걸음을 재촉한다.

신호등 앞에 서면
보고 싶은 예쁜 꽃들
가슴에 피어난다.

꽃의 중매쟁이

꽃의 암수 인연 맺어주는 매화媒花
꽃이 예쁘게 피고 향기 내는 이유
여기 있네.

벌 나비 새 불러들여 중매 서달라는
애틋한 징표라네
장미가 그렇고 백합꽃이 그렇다.

볼 품 없이 꽃피는 은행나무 소나무
중매쟁이 오지 않는데
연애는 어떻게 하냐고

꽃가루만 잘 만들어도
풍성한 은행알 솔방울 거두어낼
꽃바람이 인연 맺어주지

너도 예쁜 얼굴에 몸단장하여
향수 뿌리면
온갖 선남선녀 꽃가마 타고
온다네.

하기사 내실만 잘 다져도 인연은
풍문으로 맺어지는 걸

꽃의 속삭임

꽃길을 걷다 보면 다정스레
꽃들이 속삭이는 모습
너무나 귀여워

귀를 쫑긋 세우고 들으면
그윽한 꽃향기 코를 찌른다.

누군가 유혹하려는 예쁜 꽃
눈빛만 봐도
마음 설레게 한다.

장대비에 놀란 꽃송이
눈물 줄줄 흘릴 때면

'눈물 닦아 주세요'라는
꽃이 속삭임이려니 하고
손수건 꺼내고도
부끄러워 얼굴만 붉힌다.

낭만 가객

산과 들 강물이 어우러진
물안개공원 가는 길

지인과 담소 나누며 신나게
가속 페달을 밟았다.

강가로 내려가는 길목마다
금줄 쳐놓고 입장 금지
코로나 잔영이
아직도 생생하게 남아 있다.

하늘과 맞닿은 드넓은 두물머리
강물은 잿빛으로 드리워지고

가끔 팔뚝 잉어만이 뛰어오르며
고요한 물살을 가른다.

큰마음 먹고 찾아간 물안개 공원
돌아서는 낭만 가객歌客의 발걸음
무겁기만 하다.

낭만의 쉼터

우주에서 바라보면 아름다운 파란별
이 순간에도 온갖 생명 가득 싣고

한 치의 오차도 없이 머나먼
황도 길을 달려간다.

흔들리지 않는 파란 별나라에서의
낭만적인 삶
숲속 나무 그늘에서 낮잠 자며
눈사람도 만들고 꽃구경도 하고

눈 맞추며 즐긴다고 시간 가는 줄
모르는 낭만의 쉼터

뭇 사람들과 만나 웃고 울고
머나먼 여행도 같이하며
삶을 윤택하게 한다.

산과 바다, 하늘이 파랗고 잘만하면
산만한 큰 행복도 굴러온다.

때로는 세상 사람들의 간담을
서늘케 하는 아픔도

구름 위로 걷는다는 생각으로
살아가는 삶
그런 낭만의 쉼터에서 오늘도
그 길을 걸어간다.

눈꽃

간밤에 산타가 황금보자기에 담고 온
새해 선물은 눈꽃이었어요.

세상이 하얀 눈꽃으로 덮여 눈부시고
내 가슴에도 눈꽃이 가득 피어났지요.

봄을 기다리는 설렘에 커다란 붓을 들고
빨강 노랑 파랑 보랏빛 물감을
눈꽃에 마구 뿌려 놓았지요.

갑작스러운 봄꽃 향기에 겨울잠 자던
노랑나비 주홍나비 날갯짓하고

실개천 버들강아지는 기지개 펴며
노래하고
강남 갔던 제비는 서둘러 돌아온다는
소식도 전해왔어요.

봄의 전령 목련 새는 나뭇가지에 앉아
고개 들고 나팔 불려는 순간

'함박눈이 펄펄 날린다고
어서 일어나 창밖을 보라'고
아내가 깨웠어요.

모두가 꿈이었어요. 내 마음에는
봄날을 기다리는 설렘으로
눈꽃이 움트고 있었나 봐요.

담쟁이의 봄

무지개다리 무너질라
노심초사
실핏줄 터지는 것도
모른 채

겨울 내내 다리 기둥
붙들고 떠받히노라
갖은 고생하는
담쟁이

파릇파릇
생기 돋는 따스한 봄날
몽실몽실 피어나는 무지개
다리 위로 올라가 볼 거라고
손꼽아 기다린다.

동백

남들 겨울잠 잘 때 동백나무
꽃피운다.

빨강 연지 바르고 설경에
어우러져
수줍은 듯 예쁜 모습
동박새 유혹한다.

누구도 꿈도 꾸지 못할
엄동설한에

꽃피우는 동백의
높은 기상
볼수록 아름답다

말죽거리 연가

늦가을 고요한 말죽거리
뒷동산 산책길

나뭇가지에 반쯤 걸려 있는
단풍잎 사이로

은빛 햇살이 얼굴을
간질거리고
새들은 재잘거리며
웃음꽃 피운다.

한 걸음 한 걸음 발길
내디딜 때마다
낙엽이
바스락거리는 소리

진솔한 마음을 전하려 듯
속삭이는 소리

서늘한 내 가슴에도 따스한
불씨를 지펴준다.

미련은 없다지만

장마철에 내리는 장대비
아무런 미련도 없다는 듯
마구 퍼붓는다.

줄기차게 내리던 장대비도
좋은 인연 만나면
미련 없이 멈추고 마무리는
무지갯빛 하늘

하염없이 흘러가던 저 구름
돌산 봉우리에 걸리면
가다 말고 미련 없이
장대비로 돌변한다.

장마철 지나고 나면
남는 것이라곤 상처투성이
암울한 세상

그래도 처마 밑 옥구슬 구르던
낙숫물 소리 그리워
마음은 울적하다.

민들레

노란 민들레의 꽃말은
'행복'이지요.

민 씨 공주 들레 가
행복을 보여준다고
돌계단 틈새에서
빙긋이 웃고 있어요.

하얀 민들레의 꽃말은
'내 사랑을 그대에게
드려요'지요

남보다 먼저 들레 공주
사랑받으러
오늘도 하루 종일
하얀 민들레 꽃
찾아다녀요.

밤꽃 향기

밤골 마을에 유월이 오면
그윽한 밤꽃 향기
길 가던 가객佳客의 마음을
송두리째 흔들어 놓는다.

한 송이에 암꽃 수꽃이
다정히 피어나는 밤꽃

좀 야릇하게 생긴 꽃 모양과
냄새로 밤골 아낙네들
손으로 얼굴 가리고
킥킥거린다.

밤나무는 신방 차린다고
꽃향기로
벌과 나비 유혹하고
꽃바람도 불러들인다.

청명한 유월 밤골 찾은 가객의
마음은 싱숭생숭하기만.

밤나무가 되고 싶다

봄바람이 불면 신나게 탱고 춤을 추고
그윽한 꽃향기 천리만리 뿌리며
마음껏 자유를 누리는 그런
밤나무가 되고 싶다.

여름에는 날 선 깃털로 새 생명
꼭 감싸 안아 영글게 하고

가을에는 내 마음 담은 알밤을
탁 터뜨려
땀 흘려 가꾸어 준 사람들에게
수확의 기쁨을 안겨주고 싶다.

특별히 한가위 휘영청 밝은 달밤에는
나의 벗 다람쥐에게 맛있는 알밤을
손수 깎아 주고도 싶다.

겨울에는 거추장스러운 옷 모두 훨훨
털어내고 홀가분하게 나목裸木이 되어
펑펑 쏟아지는 함박눈을 맞으며
조용히 한 해를 돌아보고

꽃피는 봄날을 준비하는 그런
소박한 밤나무가 되고 싶다.

* 2020. 12월호 심상지 게재

밤샘 설전

누군가 광장에 떨어뜨리고 간 고기 뭉치
고양이와 강아지 서로 내 것이라고
우기며 다툰다.

고양이는 야옹야옹 강아지는 멍 멍 멍
그칠 줄 모르는 밤샘 설전 舌戰
야옹이는 발톱 내밀고 얼굴 할퀼 자세
멍멍이는 이빨 드러내고 물어뜯을 자세
야옹야옹 멍 멍 멍, 멍 멍 멍 야옹야옹
광장이 들썩들썩 떠나갈 듯 시끄럽다.

내 것이라며 야옹이와 멍멍이의 밤샘 설전
구경꾼마저 이편저편 가르고
눈치 보기에 바쁘다.
꼭두새벽 어디선가 장닭 한 마리가
날아와서 꼬꼬댁하며 새날을 알리자
광장이 씻겨나간 듯 조용하다

이때를 놓칠세라 골목에서 토끼 한 마리가
눈 비비며 나타나서
먹을 줄도 모르는 고기 뭉치 입에 물고
여유만만 깡충깡충 뛰면서 골목 안으로

들어가 버린다.

허기진 고양이와 강아지 토끼 뒷모습만
물끄러미 쳐다볼 뿐 말이 없다.
그제서야 피 튀기는 설전은 끝이 났다.

옳고 그름을 말과 혀로 따지는 설전이지만
먹잇감 앞에서는 독식은 한갓 허상일 뿐
남는 것도 없다.

백운호수의 가을

바라산 맴돌던
솜털 구름
골짜기 건너다
맑은 물
백운호수에 쏟아붓는다.

때마침 백로 한 마리
가을을 보내기 아쉬워
나뭇가지 입에 물고

솔바람에
흰 물결 일렁이는 소리

먹이 사냥하던 물새
숨 고르는 소리

호수가 걷는 연인들이
낙엽 굴리는 소리
모아모아
가을 호수의 합창을
지휘한다.

보름달

서산마루 언덕 굴참나무
가지에 걸려
갈기갈기 찢겨진
우울한 보름달

내가 보듬어 주리라
마음먹고

발 뒤꿈치 들고
어깨 펴고 양손을 뻗쳐
가슴에 안았다

금방 아무렇지 않은 듯
말쑥한 커다란 보름달

넉넉하고 따사한 온기가
지난겨울 차디찬
언 몸을 말끔히 녹여준다

* 2019. 상반기 심상 등단 시

봄 마중

우리 동네 몽마르트르 공원
언덕에 봄 마중 나간다.

누에다리 원통 속에서
봄기운이 모락모락
피어나고

봄바람이 열린 가슴을
살포시 간질거린다.

매서운 눈보라와
맞서다가 멍든 나뭇가지
마디마디엔 새 생명
움트는 합창 소리

먹이 찾던 청솔모도
반가워서 두 손 모아
생긋 웃는다.

봄소식

지난밤 편지 한 통을 받았다.
저만큼 봄이 왔다는 사연

편지를 받아 읽어가는 순간
번개 불이 번쩍하며
어둠을 가른다.

천둥소리 크게 울리고 나서는
갑자기 눈 녹은 빗물이 콱콱
내리꽂는다

꿀잠 자던 목련 나무 화들짝 놀라
기지개 펴고 봄을 선포한다.

'지금부터 봄'

봄 내음이 내 몸에서
진동한다.

불꽃놀이

밤하늘의 어둠을 가르는 폭죽 소리
밤송이 불꽃 놓칠라
나도 모르게 눈동자 이리저리
쉼 없이 구른다.

오색 무지개로 밤하늘 수놓은
밤송이 불꽃
만인이 탄성 소리 너무 좋아
밝은 미소 띠고

주홍나비 흰나비 춤을 추며
사뿐히 강가에 내려앉는다.

밤하늘에 분수처럼 연거푸
터지는 밤송이 불꽃

마음 깊은 곳에 쌓아 놓았던
못 이룬 소망도 한꺼번에
높이 높이 쏘아 올린다.

뿌리 깊은 나무

나무는 뿌리가 머리 생명의 원천
온몸을 지탱한다.

아무것도 보이지 않는 흙속에서
뿌리는 생존을 위해 몸부림치며

밤낮없이 땅속 깊이 뿌리박는다고
온갖 고초 다 겪는다.

바깥세상에 수려한 몸통 내보낸다고
때로는 바위도 뚫고
때로는 꽁꽁 얼어붙은 동토도 녹여내며
혼신의 힘을 다한다.

뿌리 깊은 나무 흔들리지 않는다는
믿음 주려고
몸부림치는 뿌리의 열정 보고도

마냥 흔들리기만 하는 내 모습 보며
깊은 상념에 빠져든다.

석촌호수의 낙수

수정처럼 맑은 연둣빛 호수 천장에
방울방울 떨어져 구르는 빗줄기
우산으로 하늘을 가려 보지만
되레 우산을 뚫을 기세다.

송파 석촌호수가 잘 가꾸어진
울창한 숲
축 늘어진 수양버들 호수에 닿을 듯

우중에도 연둣빛 색칠하는 것
멈추지 않는다.

서울의 랜드마크 123층 타워빌딩이
자기 건양 호수 속에 가둬놓고

마법의 섬엔 하늘만큼 커다란
수레바퀴를 쉴 새 없이 돌아가며

석천호수의 낙수落穗를 건지고
가는 불청객의 마음에 호기심을
불러일으킨다.

상록수

사계절 푸른 나무 상록수
한여름 찌는 더위에도
초록의 외투 입고 선
온산에 텐트 치고

한겨울 눈보라에도
초록 불씨 지피려
발버둥치는 상록수

화려함은 아니지만
상록수의 늠름한 기상

보기만 해도
마음을 푸르게 한다.

젊은 날의 사계절 동안
파란 불씨 지펴주던 상록수

내 삶의 희망이었는데

상상화

커다란 붓으로 우주를 그린다.
상상화Imaginary picture다.

처음에는 동그랗게 그렸다
그 위에 네모로 덧칠했다

다시 세모로도 그려보았다
다시……
또다시……
우주 그리기 너무 힘들다

그리다 말고 잠시 중단하고
눈을 감았다

저녁 무렵 다시 눈을 뜨고
그림을 보았다

영롱한 우주다
우주 속에 은하수도 있다.

한참 망설이다가
파란 점하나를 찍었다.
지구다

우주를 그려놓은 내 마음의
화폭엔 파란별이 빛난다.

설악산 찬가

오색약수 한 사발로 목축이고
첩첩 산길로 대청봉에 올라
눈을 굴려 사방팔방 바라본다.

설악산 구름바다 위에
떠다니는 기암괴석 작은 섬
올망졸망 떠다니고

영롱한 아침 햇살 기둥 삼아
동해바다에서 솟아
오른 붉은 태양 짓궂게도
눈부시다.

용소폭포 병풍 삼아 노래하며
춤추는 선녀들

권금성이 궁궐이요 천불동은
오색정원

울산바위 발을 걸쳐
메밀 전에 탁주 한잔
설악산을 노래한다.

수선화 향기

침묵만 흐르던 고목나무
꽃님이 짙은 향기로 눈길
한번 주고

꾸밈없는 아리따운 목소리에
말문이 열렸다.

'고마워 정말 고마워'

이젠 낡은 몸에서 샘이 솟고
윤기가 좌르르 흐른다.

꽃님의 심장에서 나는 고동 소리
내게 울림으로 다가와
마음의 문을 활짝 열어 젖힌다.

고목 나뭇가지 마디마디엔
새움이 트고

수선화 향기 물씬 풍기는
화창한 봄날을 기다린다.

요정버섯

요정인 줄 알고 캔 버섯
먹고 보니 독버섯
죽는 줄 알고
몸부림치다 깨어나니

옆자리엔 장수長壽버섯
아무 일 없다는 듯
느긋하게 잠만 잔다.

오래 살고 싶은 마음에
꿈속에서 요정버섯 찾고

깨어나면 장수버섯
어디 갈까 손 뻗친다.

이별 연출

강물에 떠 있는 남이섬
선착장 한 모퉁이 물가에
외로이
서 있는 구릿빛 여인상

강물 위를 오가는 도항선
바라보며

무슨 사연 있는지 몰라도
남몰래 섬 떠나는 임
붙들려고

발가벗은 것도 모른 채
맨발로
금방이라도 강물에
뛰어들 자세 취하며

이별이 연출하려는 듯
손짓한다.

잠 못 이루는 밤

불가마가 열돔에 갇혀
펄펄 끓는다.

달빛마저 노랗게
열기를 더하고
한강에 빠진 달도
열심히
강물을 데운다.

39.3도 폭염
열대야

잠 못 이루는 밤

뜨거운 아메리카 노
커피 한잔에

아프리카 폭염
물리친다.

장미의 유혹

담벼락 타고 넘어온
이웃집 덩굴장미

금방이라도 터질 것만 같은
무척 사치스럽기까지 한
잘 가꾸어진 몸매

불타는 빨간 입술 돋보이는
오뚝한 콧등
격조 높은 말솜씨로
유혹한다.

힐긋힐긋 보이는 덩굴
마디마디엔
예리한 손도끼

눈 딱 감고
한 송이 꺾고 싶기도 하지만
망설여진다.

정글 모자

풍물시장에서 정글 탐험 모자
하나 샀다.
챙이 큰 둥근 모자

산행 나갈 때면 거울 앞에서
정글 모자를 써본다.

햇빛을 가릴 수 있고
흰머리도 안 보인다.

내 모습이 십 년은
젊어졌다.

하지만
중년의 내 모습과는
사뭇 다르다.

감출 것도 없는 나 오늘도
정글 모자 쓰지 않고 산행한다.
그게 내 모습이라서

조각난 달

밤하늘을 밝히노라 타들어
가다 남은 조각달

오늘은 눈썹만큼 쪼그라들어
고압송전탑에 걸려 있다.

저 혼자 세상의 등불이
되고자 발버둥 쳐보지만

깜깜한 밤하늘을 밝히기에
이젠 역부족

동녘 하늘 불그스레한 기운에도
남은 조각난 달마저
화들짝 놀라

물안개 속으로 깊이
숨어버린다.

주홍나비

하염없이 눈 내리는 밤
방 온기에
창 틈새로 빨려 들어온
깜박 제철 잊은
주홍나비 한 마리

살며시 감은 눈가를
맨 돌다가
신나는 꿈나라 가자고
콧등을 간질인다.

핑크색 해당화 병풍처럼
펼쳐진 백사장

에메랄드 쪽빛 푸른 바다에
하얀 요트 타고
주홍나비 앞세워
물살을 가른다.

'꿈은 아니겠지' 하며
엉덩이 꼬집자
주홍나비 사라지고

창밖에는 아직도 함박눈이
펄펄 나부낀다.

지리산 산행

지리산 천왕봉
배낭 메고 호랑나비 벗을 삼아
꽃길 따라
삼도봉 토끼령 봉마다
고갯마루
오르락내리락 120리

새소리 벌레 소리
귓전에 떠날 줄 모른다.

쉬어가는 장터목산장 밤하늘엔
길 잃은 북두칠성
서산마루 걸려 있다.

뜬눈으로 밤을 새워
잰걸음에 천왕봉 올라가서
구름바다
일출 장관 영접하니

인생길 묵은 체중
영봉 따라 구름 결에 사라진다.

밀린 소원 먼저 빌고
손뼉 치며 야호! 야호!
메아리도 반겨준다.

코스모스

별을 잔뜩 품은 우주선 코스모스
간밤에 은하수 타고
논두렁에 내려와서

별난 여자 마구
내려놓았다.

수줍은 듯 코스모스
유혹의 눈빛으로 미소 지으며

떠나가는 여름 아쉽다고
한 치의 망설임도 없이

거추장스러운 가운 벗어 던지고
배꼽 드러내 살랑살랑
벨리댄스를 춘다.

포도나무 분노

무슨 저리도 할 말 못 하고
속으로 삭이노라
저렇게 몸을 비비 꼬며
치렁치렁
말뚝 감아 올라갈까

얽히고설킨 덩굴 마디 마디엔
포도송이 주렁주렁 매달려서
떨어지지 않으려 몸부림치고

포도 송이송이마다 맺힌
시퍼런 포도
무슨 분노 쌓일 것이 있었는지는
모르지만

낟알마다 새카맣게 숯덩이가
되었다.

포도나무에 알알이 박힌 분노
잘못 건드렸다간 터질 것만 같다.

한란

겨울에 꽃 피는 한란寒蘭
은은한 향기 풍기는
청초하고 우아한 귀부인 모습

눈밭에 뛰노는 노루 마음
흔들어 놓고 다소곳이
청자에 핀 보랏빛 난초꽃

꽁꽁 언 내 마음
살며시 녹여준다.

* 2020 서초문인협회 시화전 출품 시

해강海崗의 마음

해풍에 일렁이는 바닷가 언덕에
서면
마음은 티 없이 푸르고 푸르다.

저 멀리 하늘과 바다가 맞닿는
노을빛 수평선 너머로
둥근 우주가 보이는 듯

바다 위를 몽실몽실 자유로이
떠다니는 아름드리 뭉게구름

내 마음은 어느덧 하얀 구름이
되어 드넓은 파란 바다 위를
두둥실 떠다닌다.

제3부 세상 엿보기

"시 한 수로 세상을 바꿀 수 있다."는

말도 있다시피 세상 엿보기

시인의 가슴을 뭉클하게 한다

가시나무새

날 선 가시 온몸에 담뿍 난 가시나무
좋아하는 가시나무새
울 수도 없는 기막힌 사연

가시에 찔려 고통 속에 죽어가며
부르는 노랫소리 듣고파

가시나무 오늘도 가시 날 갈고
또 갈며 날 세운다.

한평생 딱 한 번 가시에 찔려
심금을 울리는 노래 부르고

덧없이 죽어가는 가시나무새
유혹하려고
오늘도 가시 날 갈고 가는
가시나무

진정 너는 가시나무새를
좋아하긴 하나

걸레가 어쩌길래

더럽혀진 마루 걸레로 닦으면
윤이 난다.

좋은 일만 하는 걸레 더럽다고
세상 사람들
'걸레 같은 놈'이라고 욕을 한다.
걸레가 어쩌길래 그렇게까지
심한 말을

얼굴 닦는 수건도 알고 보면
걸레
마루 닦는 걸레로도 얼굴 곱게
닦으면 윤이 날걸

걸레 보고 더럽다는 말은
어울리지 않는다.

걸레만큼 깨끗한 것 어디 있나.
더러운 건 걸레가 아니라
더럽혀진 당신의 마음

경마장에 가면

경마장에서 말과 기수
한 몸 되어 질주하는
경마경기

결승선을 달릴 때는
채찍질은 25대만
반칙하면 과태금 나오고

관중석엔 마칠기삼
와와 탄성 소리
후후 탄식 소리

말도 제때 못 바꾸고
말에 채찍질만 하다간
기수 자리 내려놓아야

비틀거리기만 하는
무능한 기수
하루빨리 그 자리에서
내려와야

고양이 눈치도 봐야

아파트 주차장에서 주인인 양 고양이
분주히 이리저리 왔다 갔다 하며
손님을 맞는다.

세 들어 사는 사람의 차량은 따로
고유번호도 확인한다.

낯선 사람이라도 오면
눈에 불을 켜고 야옹야옹 소리
지르기도

세 들어 산다고 발소리 숨소리 죽이고
고양이 눈치도 봐야 하나

고양이 무서워서라도
또 이사 가야겠다.

공포의 도가니

연이은 태풍이 몰고 온 열기 등골엔 땀방울이
주렁주렁 달리고
엎친 데 덮친 격으로 코로나 재확산 팬데믹
서슬이 시퍼런 방역 포고령에
사람들은 집안에서 옴짝달싹 못 한다.

교회는 문 닫은 지 오래고 공원은 출입금지
음식점은 파리만 날린다.

복면 마스크 끼고 말 못 하는 처량한 신세
진정한 안식처는 어디에도 없다.

시도 때도 없이 내리는 음산한 가을비
세상은 온통 공포의 도가니

신이 인간을 시험하러 코로나를 대리자로
내려보내기라도 했나 너무 무섭다.

자유를 구속하는 코로나와의 방어전
끝은 어디란 말인가?

무지개 피는 동화 나라 언제 오려나
오늘도 두 손 모아 기도한다.

길 찾는 할머니

어이 이봐 보건소 어디로 가.
등 굽은 할머니의 다급한 목소리

사람들은 힐긋힐긋 쳐다보며
그냥 지나친다.

'여기가 어디인 고'
할머니는 한발 한발
계단 오르며
연거푸 중얼중얼

넘어졌는데도 그놈의 영감태기
병원에 못 가게 가로막고

물어물어 병원에 찾아가도
백만 원 주고 사진 찍어라
돈 없으면 보건소로 가란다.

'뇌진탕이면 어쩌나'
걱정하며 한숨짓는 할머니

"저기가 보건소인 데요"
"양재역 12번 출구
잊지 마세요"

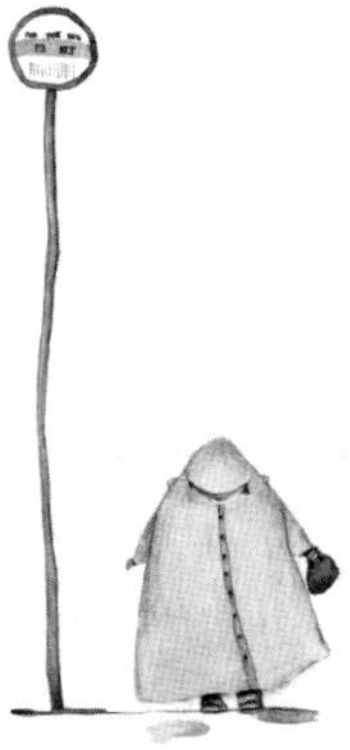

기적

달나라엔 토끼가 방아 찧는다.
화성에 가면 화성인이 산다.
그건 거짓

지구에서 4억6천 8백km 떨어진 화성에
로봇 퍼시비어런스
204일 동안 쉬지 않고 날아가 착륙
그것만으로도 기적 같은 일인데

인간의 생존할 수 있는지 탐사한다.
숨 쉴 산소가 있는지
풀 한 포기 물 한 모금이라도

지구온난화로 빙하 붕괴 사막에서의
눈보라 소행성과의 충돌

지구의 미래에 대비해 인류의 새 안식처
찾는다고 천길 마다치 않고 화성에 달려가
땀 흘리는 퍼시비어런스 로봇의
기적 같은 일
너무 사랑스럽다.

까치의 슬픔

까치 울면 반가운 손님
온 다 좋아하고

설날도 어저께 따로
있던 까치

까치 길조 옛말 가족 늘자
버림받은 까치

사과 배 곡식 낟알
쪼아 먹다 들키면
철망 신세

까치 울면
밤손님이라도
오나

갈 곳 없는 까치의
슬픈 표정 안타깝기만

꽃도 편견 없이 보면

정원의 화려한 화초 꽃을 보다
들판에 핀 야생화 보면 너무나
초라하다.

하지만 정원의 화초가 더 예쁘다
그건 편견

자유를 만끽하며 자연과 더불어
살아가는 야생화의 참 모습
정말 아름답다.

한 눈으로 보지 말고 편견 없이
두 눈으로 바라보면

세상에 예쁘지 않은 꽃이
어디 있으랴마는

야생화도 화초같이 보듬고
가꾸어 내면
양귀비 따로 없다.

나를 밟고 가라

밤이나 낮이나 눈비 올 때나
고속도로 나를 밟고 가라고
그 자리에 누워있다.

편히 쉬어 가는 휴게소
달리는 속도 규율도
만들었지만

뭐가 그리도 급한지
과속과 끼어들기 음주와
졸음운전

네 몸과 내 몸이 갈기갈기
찢겨나가고
황천길에 들어선 영혼
회한의 절규에

터지는 분노로 마음이
한없이 부르르 떨린다.

낭만적 몽상

진달래동산 앞에 '폐쇄'라는 공지문
돌아서는 발걸음이 무겁기만 하다.

박물관도 미술관도 공원도 출입제한
보고 싶은 꽃 축제도 취소다.

'작은 것이 아름답다.' 말에 어울리지 않게
눈에도 보이지 않는 작은 바이러스가
세상을 발칵 뒤집어 놓았다.

공항이 폐쇄되고 세계의 여러 나라가
격리되었다.

외출 제한, 마스크로 코와 입도 봉쇄다.
교회도 문을 닫고
신은 휴식 중이라서 아무 말이 없다.

바이러스가 일으킨 초유의 세계대전
사람들이 대응방법이라곤
손 씻기 마스크 쓰고 2m 거리 두기
참담하기만 하다

바이러스 물리칠 백신과 치료법은
오리무중
기다림에 지친 민초들만 울부짖고 있다.

뜬금없이 세상을 바꾸겠다는 바이러스의
무차별 공습
'작은 것이 아름답다.'라는 낭만적 몽상
이제 내 기억 속에서 사라져 간다.

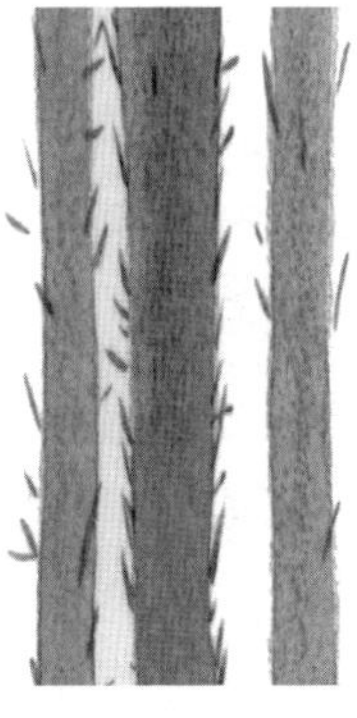

담벼락 무너지고

이웃집과 갈라놓은 담벼락
장마철 폭우로
와르르 허물어지고
다시 쌓는 일 차일피일
미루니

우리 집 강아지 복실이와
이웃집 복순이 꼬리치며
좋아하고

고양이도 남몰래 눈 맞추며
꼬꼬 닭은 저 집인 양
이웃집 감나무 아래 알을
낳고 온다.

이웃집 아저씨 홍시 따오자
우리 집 아줌마
눈치 없이
대추 한 움큼 따다 준다.

무너진 담벼락 듬성듬성
모아둔 돌무더기 사이로

웃음꽃이 모락모락 피어나고

어느덧
마음의 벽마저 스르르 무너져
이웃과 하나가 되었다

난민

지중해에 몸 던져
살아보겠다고
정처 없이 떠도는 난민

똥오줌 싸려면
1유로
물 한 병 2유로

목구멍에 풀칠이라도
하려면
여행객의 가방
터는 것도 다반사

이념 종파 혁명 독재
허울 좋은
난민제조기

주여!
가련한 난민에게도
살길을 열어주소서

노들섬의 봄

한강 물 가운데 둥둥 떠 있는
노들섬에 봄이 왔다.
버들강아지는 잔뜩 물오르고
예쁜 꽃들 필순서 기다린다.

봄나들이 상춘객은 드문드문
카페마저 반쯤 문 닫은 꽃 정원
쓸쓸하기만

6 · 25 그날의 상처를 아는지 모르는지
부서졌던 인도교 다리 위론
차량 행렬이 이어진다.

가끔 건너편 철교 위로 달리는
열차만이 덜거덕덜거덕 거리며
메마른 강물에 메아리로 이어지고

봄은 왔지만 봄은 보이지 않는
노들섬은 낮잠 자는 중

동물 인간

밥 먹고 분해하는 화학 공장
생산품은 세포와 에너지

자기증식과 종족 번식
동물도 하는 본능적 삶

사람과 동물 크게
다를 바 없다.

언어사용과 정보저장으로
미래를 내다볼 줄 알아야
진정한 인간이지만

날 짐승 잡아먹고 눈물도
안 흘리며
되레 맛있다고 미소 짓는
동물인간
정말로 보기 역겹다.

동물원 맹수

동물원 맹수 하루 종일
우리 안에서 어슬렁어슬렁
왔다 갔다 가끔은 낮잠도

맹수도 우리 속에서는
사육사가 주는 먹이만
받아먹어야 하나

참담한 동물원 맹수

이따금 관람객의 눈빛이
반짝반짝 빛나게
으르렁대며 쇼라도 하면

보너스로 특별한 간식도
나올 텐데

어울리지 않는 동물원
맹수의 먹이 사냥
어설프기만 하다.

멧돼지와 전투 중

인왕산 호랑이 자취 감춘 서울 종로
그다음 포식자
먹성 좋은 멧돼지가 활보한다.

왕초 멧돼지 새끼까지 줄줄이 데리고
골목에 나타나서
저들 세상이라고 꿀꿀 외쳐 댄다.

사람들은 두려움에 벌벌 떨고
119구조대가 출동하고 엽총 든 사냥꾼
멧돼지 포획한다고 부산떤다.

아프리카돼지열병으로 멧돼지와 전투 중
매일같이 멧돼지 피살 뉴스

멧돼지의 박치기 공격으로
사람이 죽었다는 슬픈 소식도 들려온다.

산과 들에 먹을 것이 부족한 멧돼지
야음 틈타 골목에 먹을 거 찾아
하산하는 것은 당연한 일인데도
사람들은 모든 것을 독식하려

개발에 여념 없다.

이제는 아프리카돼지열병 막는다고
멧돼지 소탕 작전까지
호랑이 멧돼지 다음다음 먹이사슬은
과연 누가 될까.

물망초 푸른 꽃

고목나무 둥치에도 꽃이 피어
벌 나비가 찾아 들고
다람쥐는 좋다고 곡예 부린다.

바위틈 죽은 고사목에
개미가 집을 짓고 살아가듯

이름 모를 생명의 씨앗
바람에 날려 와
고사목 그루터기에 터를 잡고
예쁜 꽃 피웠다.

'이 꽃은 무슨 꽃일까'

자세히 살펴보니
나를 잊지 말라는 물망초
하늘색 푸른 꽃
작지만 귀엽고 신비롭다.

버려진 정원수

아파트단지에 정원수로
팔려온 지 40년
재건축한다고 손과 발
몸뚱이 잘려나갔다.

운 좋게도 트럭 운전사의
천사 같은 손길로
고아원에 맡겨진 정원수

마음의 상처와 다친 몸은
한약재와 영양주사로 치유 받아
예전만은 못하지만
다시 원기 회복 중

이제부터라도 호젓한 강가의
산책로에 가로수로 심어져

보란 듯이 천년 고목으로
자라나서
외로운 사람들의 말벗이 되는
작은 꿈 꾸어보리라.

불나방

꽃잎만 먹고 살던 불나방 애벌레
어느 따사로운 봄날

거추장스러운 외투 벗어 던지고
새 삶을 시작하는 불나방

위험스럽게도 불만 보면 달려들어
날갯짓하며 일으킨 봄바람
천 리 가면 태풍으로 돌변하듯

우한에서 태어난 신종바이러스
태평양 건너 토네이도로 변했다.

눈에도 보이지 않는 한갓 미물
바이러스의 몸부림에
세계가 들썩인다.

하늘 높이 비상하며 사람을 실어
나르던 날틀마저 활주로에
날개 접고 서 있는지 오래다.

멈출 줄 모르는 불나방 같은
바이러스의 위험한 모험

세상을 우습게 보다가는 큰 코
다칠 날 온다.
신이 그대를 지켜보고 있다.

*2020년 8월호 심상지 게재 시

분노 삭이는 법

밥 짓는 전기밥솥도 열 받으면
보글보글 피지식피지식 들끓는다.

더 이상 참기 어려우면 분노가 폭발하듯
한줄기 거센 폭연이 자욱하다

여기까지는 전기밥솥 밥 짓는 모습
내가 화났을 때와 똑 닮았다.

그것도 잠시 아리따운 아가씨의 낭랑한
목소리로
'밥 다 되었어요. 잘 섞어 보온하세요.'

전기밥솥 분노 삭이는 법 가만히 보고
있노라면

그동안 쌓였던 분노 말끔히 씻겨나가고
속이 다 후련하다

삐짐 풀기

새들은 삐지기 잘도 한다.
먹이 놓고도 짹짹
양보는 없다

밀린 새는 토라지고
삐진다.

새야 배 불면 그뿐
후탈은 없다

선물 안 준다면 무시한다
삐지고
선물 주면 크기 갖고
차별한다고 삐진다.

한번 삐지면 오래간다.

어쩌다 삐진 그대 마음
풀려고 갖은 아양 다 떠는
내 모습
너무나 처량하다.

산 넘어 산

높은 산에 힘들게 올라와도
눈앞에는 더 높은 산이
있듯이

인생길엔 산 넘어 또 산
험준한 산을 넘는 곡예
평생을 걸어도 눈앞에는
산이 또 있고

봄꽃 향기 취하여 앞을 보면
산에는 녹음이 우거지고
가을 단풍이 찾아온다.

지난해 겨울 백설이 쌓였던
저 산이라도
올해만큼은 그냥 지나갔으면
좋으련만

세상 엿보기

세상은 나날이 발전한다고 하지만
음산한 그늘에서 고단한 삶을 살며

그것을 못 이겨 길거리에 내앉아
허공에 대고 울부짖는 민초들의
메아리 크게만 들린다.

AI 4차 산업 혁명한다고 질주하며
세상과 담쌓고 구름 위에 앉아
귀족인 양 낭만적인 삶도 있고

세상과 소외된 채 힘겹게 살아가는
참담한 민초들의 삶도 있다.

눈앞에서 벌어지는 억울함과 고난을
보고도 못 본 체하며
'저들은 타고난 운명'이라 치부해버리는
한량한 모습 너무나 서글프다

"시 한 수로 세상을 바꿀 수 있다."는
말도 있다시피 세상 엿보기
시인의 가슴을 뭉클하게 한다.

쓰레기 버리는 남자

완장도 없이 쓰레기
버리는 남자

포장만 그럴 듯
쓰레기는 산더미

쓰레기 잔뜩 가슴에 안고
끙끙대며 승강기에
올라타면

이웃집 아줌마는 만면에
미소
아저씨는 얼굴 붉히며
못 본채 딴청 부린다.

쓰레기 버리기 너무나
힘들다

그렇다고 당번 내려놓으면
어찌하겠나
그나마 이젠 내 일인데

아파트 주차공간

안개가 자욱하게 낀 날 밤이면
어둠이 삼켜 버린 아파트
주차공간에
검정고양이로 가득하다

안개 걷힌 새벽녘에 일어나
촘촘히 들여다보니 하얀 달이
열한 개나 떠 있다.

검정고양이가 가득하던
그 자리엔
자주 노랑 파랑 고양이
제 빛깔 찾아 따로따로
야~ 옹야~ 옹

간밤엔 한 뿌리 한 가족
아침에는
허망하게도 산산이 흩어져
아파트를 빠져나간다.

연줄 끊고

얼레에 감긴 연줄
팽팽하면 풀어주고
느슨하면 감아준다.

새해 소망 더 높이
더 멀리 띄우려
연鳶줄을 끊었다.

가오리연 꼬리치며
좋아한다.

내킨 김에 가슴에
묻어뒀던 얽기고
설긴 낡은 연緣줄은 모두
불살랐다.

한결 몸이 가뿐하다.

바다에만 맴돌던 가오리
연이 되어 푸른 하늘 향해
훨훨 날아간다.

운 좋은 하마

덩치만 컸지 초원의 맹수와
적수가 못 되는 겁쟁이 하마

낮에는 강물에 몸 담그고 숨어 있다가
남몰래 밤에만 어슬렁거리며
초원에 올라와 풀 뜯는 모습
미련하기 짝이 없다.

예쁠 것도 하나 없는 하마지만
운 좋게도 동물원에 시집 장가들면

온종일 하는 일 없이 배 터지게
먹고 자고 놀며
크게 입 벌려 하품만 한다.

그래도 볼상사납게 히죽히죽 웃으며
관람객들에게 함박웃음 안겨주어
밥값은 한다.

하마 잘 키우면 돈 번다고 소문나서
너도, 나도 집에 물먹는 하마라도
키운다고 온종일 부산떤다.

위험한 질주

청년 스크린도어수리공
외마디 비명소리

'나는 살고 싶다.'

플랫폼에 선혈이
낭자하고 컵라면은
벌렁 나뒹군다.

열차에 탄 승객들은
애써 얼굴을 돌려
눈을 감아버린다.

아무 일도 없었다는 듯
열차는 멈추지 않고
그대로 질주한다.

울부짖는 청년수리공
영혼의 메아리가
세상을 울린다.

인고의 돌산

삼성산 천주교 성지 가는 산길
돌과 바위로 넘쳐나는 돌산
발걸음이 무겁다

산길을 걷다 보면 길가에는
호랑이 바위 선비 바위
왕관 닮은 바위도
돌부처도 있다.

비바람에 깨어지고 깎이는
아픔 속에
영겁의 인고 세월 동안
다듬어진 자연의 신비

나그네의 마음 달래주며
말벗이 되어준다.

언젠가는 나도 말이 없는
돌산바위 될 터인데

인자한 바다

긴 장마 물 폭탄에 뚝 무너지고
강물이 넘친다. 홍수다.

갈 곳 잃은 강물 먼 길 마다 않고
돌고 돌아
어머니 품 안 같은 바다로 간다.

바다인들 밀려오는 강물 다 받기엔
역부족이지만
따뜻한 온정으로 모두 품어준다.

넘칠 듯 부글부글 끓는 바다
흰 거품 성난 파도

잠재운다고 구슬땀 흘리는
어머니의 인자한 모습
바다 너무나 보기 좋다.

자연인

산과 물이 만나는 계곡에
사는 자연인

산과 인간이 자연에 어우러져
한 몸 되어
근심도 걱정도 안 하고 산다.

날짐승 들짐승 풀벌레가
노래하며 춤을 추고

닭과 개 집짐승 몇 마리
풀어놓고
키우는 게 산림 밑천 전부

허름한 집엔 으레 삼 뿌리
도라지 버섯이
듬뿍한 자연인은 원시인

밤이면 별빛이 전깃불
달님과 같이 산다.

종말 신호

태양광 설치한다면서 환경파괴
숲은 해체 중

화석연료 발전소 공장 차량이
내뿜는 탄소배출 폭증으로
하늘은 뿌옇다

어떤 때는 황사로 하늘이
샛노랗기까지

"북극해 빙하가 녹는다."는 얘기는
귀가 따갑도록 들려오고

한겨울인데도 눈은 오지 않고
황량한 겨울비만 추적추적
구슬프게 운다.

인간이 만든 덫 하늘이 노했나.

화산폭발 물 폭탄 폭설 찜통더위
하루 멀다고 들려오는 기상이변

세상의 종말 신호는 아닐는지
정말 두렵다.

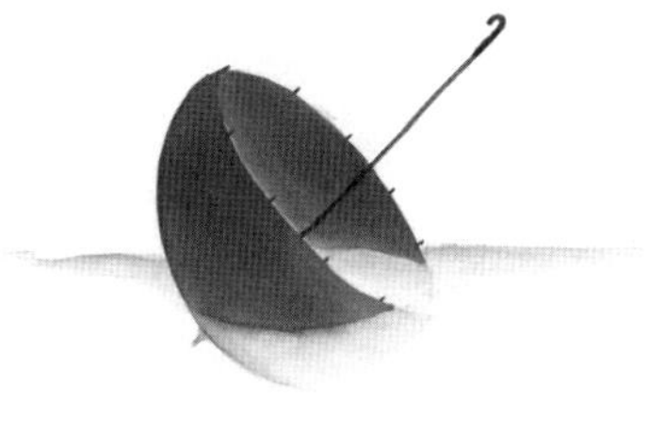

종달새

손 없는 종달새
건축재료 입으로
물어다
보리밭 이랑에
둥지 틀고

하늘 높이
먹이 물고 나르다가
문패 못 찾은
길 잃은 종달새

둥지에서 입 벌리고
기다리고 있을
새끼 향해
지지배배 지지배배

위험천만한 에코
날 짐승
부르는 거란 것도
모르니
불쌍해서 어쩌나

주인은 없다

하늘 보고 땅을 봐도
주인은 없다

정적만 흐른다.

혼돈의 세상
코로나 잠시 멈춘 것 같지만

두려움은 되레 커지기만 한다.

혼돈의 세상
메마른 영혼을 달래줄

진정한 주인은
어디에도 없다.

주인 없는 세상
나그네가 주인인 양
세상을 휘젓고
다닌다.

혼돈의 끝은 어디인가
불안스럽기만 하다.

짱돌 맞은 개구리

작은 연못가 논두렁 봄을
알리는 개구리 울음소리

초록마을 골목대장 꼬마
큼직한 짱돌 들고

살금살금 풀 섶에 다가서서
눈동자 이리저리 굴리다가
크게 소리 내는 개구리
향해 짱돌 내리친다.

꽥 외마디 비명소리
깜짝 놀란 개구리 무리
논두렁에 납작 엎드려 쥐 죽은 듯

골목대장 꼬마 손에 넋 나간
개구리 한 마리 불끈 쥐고
의기양양 콧노래 부른다.

죄 없이 짱돌 맞고 죽은 개구리
봄 알린다고 앞장서서
크게 울었던 것이 화근

지금 와서 생각해보니 그 때
왜 그랬을까 내가 죽인
그 개구리 너무 불쌍해서
가슴이 저미어 온다.

참새의 꿈

벼이삭 쪼아 먹는다고
새끼줄에 깡통 매달고
댕그랑 댕그랑

허수아비는 눈 부라리며
겁주고
새 쫓는 스피커는
워 워

갈 데 없는 참새
병아리 모이 탐내다가
참새구이 신세

작은 참새마저 맘 놓고
벼 알 쪼아 먹을 곳 없는
세상 너무나 서글프다.

추어탕 한 그릇에도

어쩌다 손에 잡힌
미꾸라지 한 마리
잽싸게 수초 속으로
빠져나간다.

흙탕물로 연막도

미꾸라지가 뭐 어째 길래
살기 위한 발버둥인데

말싸움에 미꾸라지 갖다
붙이는 건
정말로 듣기에도 거북스럽다.

모처럼 맛있다고 좋아하며
먹는 추어탕 한 그릇에도

처절한 미꾸라지의 삶이
녹아있다고 생각하니
수저든 손이 마구 떨린다.

출세

엄마의 산고 끝에 세상에 나간다.
엄마는 출산 아기는 출세

태어난 것만으로도 출세인데
살다 보면 그것마저 깜박 잊고

너도나도 벼슬자리 탐하려
온갖 가식과 아첨
불철주야 돈 모은다고
동분서주 등골 휘고
궁상맞게 명성 얻는다고
부산떤다.

출세가 세상 사람에게 우쭐대기
위한 것이라면 그건 허세

발버둥 치며 업적 쌓아 후세에
남긴다고
천만의 말씀 그럴수록 업적은
한순간에 무너져 물거품이 되고

손에 쥐고 가는 것이라곤
잘해야 바람 한 올뿐

*2020년 8월호 심상지 게재

하얀 눈을 기다리며

원치도 않은 겨울비가
하염없이 내렸다.

무심코 방황하듯 거리를
누볐다

예쁜 빨간 겉옷에 빗방울이
내려앉아 반짝인다.

밤에는 빗방울이 눈으로
변하리라는 기다림에
밤을 설쳤으나
눈은 오지 않았다.

창밖에는 흑 암벽이
꽉 차 있을 뿐
어디에도 하얀 눈이
보이지 않는다.

공포스러움이 넘쳐나는
세상을 깨끗이 덮어버릴
눈 눈 눈

하얀 눈은 언제 오려나.

가슴마저 막혀 숨을
헐떡거린다.

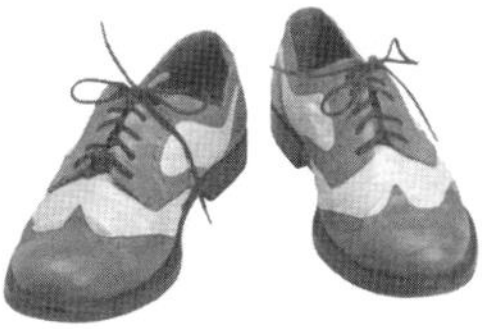

한강의 봄

서울의 심장을 가로지르는 한강의
물길마저 멈춰버린 혼탁한 세상

여명의 신만이 중천 하늘에서
구원의 손길을 내민다.

은물결 넘실대던 한강의 기적은
어디 가고
강물은 저물어가는 세상처럼 어둠이
진하게 드리워져 침묵하며
할 말을 잃어버렸다.

조약돌 하나를 집어 강물에 던졌다.
첨벙하며 크게 우는 소리를 내곤
더 이상 이어가지 못하고
하얀 물결만이 동그라미를 그리며
사방으로 퍼져나간다.

애꿎게도 돌에 맞은 고기 한 마리가
뱃살 보이며 물 위로 떠 오르고
그 틈새에 운 좋게도 잔고기들은
은물결에 실려 밀려 나간다.

한강 산책로에 덩그러니 놓인 빈 의자
그 곁에 봄을 알리는 개나리꽃 한 송이
쓸쓸히 주인을 기다린다.

허풍

동네 쉼터에 서 있는
천년 묵은 고목 느티나무

가을바람에 늙은 몸
노랗게 물든다며
좋다고 허풍 떤다.

멀지 않아 잔 서리 내리면
삭 다리 되는 줄도
모른 채

마구 흔들어 대는 모습
너무나 안타깝다.

고목 느티나무 닮은
내 모습

미련하게도 허풍만
떠는 건 아닌지
두렵기만 하다.

헝클어진 약속

벗과 만나기로 한 약속 날이
다가왔다.

코로나19 공격으로 헝클어진
약속이지만
설레 이는 마음만은 벌써
약속 장소에 가 있다.

속절없이 기다려 봐도
나 혼자만의 마음일 뿐
아무도 오지 않았다.

철통같은 약속마저 깨버린
'그놈의 코로나바이러스' 하며
무언의 소리 남긴 채

쓸쓸히 돌아서야 하는 허무한
내 심정
발걸음마저 무겁다.

화산폭발

하와이 칼라우에아 화산이
폭발했다.

얼마나 속이 상했으면
부글부글 끓다가
검붉은 용암 하늘 높이
내 뿜을까

화가 나더라도
조금만
더 참으면 되련마는

저렇게 폭발하며
화풀이한다 해도
그때뿐

좀 지나고 나면
곧 후회하고
마음엔 큰 상처만
남길 텐데

횟집에 가면

횟집에서 펄쩍펄쩍
뛰는 참돔 한 마리
찍어 흥정하면

바로 도마에 올려놓고
단칼에
목덜미 숨통 끊고
뼈 추려낸다.

회 뜨는 장면
섬뜩해서 못 본채
고개 돌린다.

아무 일도 없었다는 듯
싱싱하다며
입맛 다시는 식객들

너무 서글퍼진다

흉보면

얼굴 보고는 말 한마디 못하고
끙끙대며
속병까지 앓다가도

돌아서면 남의 흉보고 버젓이
욕도 한다.

그러면 속이 다 후련하다
정말 그럴까

낮 새 밤 쥐 말고도 세상엔
CCTV도 스마트폰도 있다.

남몰래 흉보다간 자칫하면
내 얼굴만 붉힌다.

제4부 고궁에 가면

주인 없는 용상
한번 앉아보고도 싶지만

출입금지

고목 천년향

고려왕가 마뉘골 고갯마루에
심은 향나무
고려 망하고 육백 년

무슨 말 못 할 사연 있는지
아직도 그 자리에 서서
향 내음 풍긴다.

반포대로 숨 가쁘게
오가는 차량이 내 뿜는
뿌연 연기와 기적소리

천년향 고목 둥치에
링거 꽂고도

고려 향한 일편단심
변치 않는 푸른 기상

잃지 않고 그 자리에
꿋꿋하게 서 있다.

* 대법원 앞 대로 고목 향나무

고궁에 가면

고궁에 가면 주인이 없다.
덕수궁에도
창덕궁에도
경복궁에도

임금은 어디에 갔는지
보이지 않는다.
빗발치는 상소 때문에
골치 아파
산성 행궁에 숨어 들어갔나.

용상은 비어있다
손님 맞는 상궁 나인도
신하도 없다.

주인 없는 용상
한번 앉아보고도 싶지만

출입금지

용상이 비어 있어도
탐낼 수 없는 높은 자리

한줄기 습한 냉기만이
용상을 맴돈다.

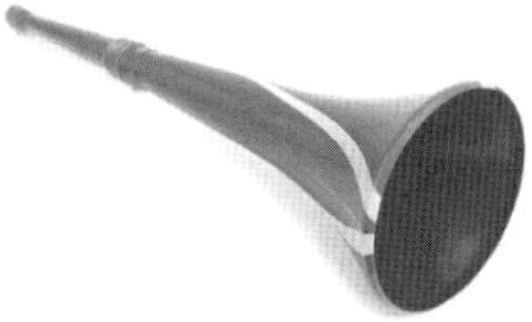

광장시장 풍광

광장시장 골목 좌판에
둘러앉아
빈대떡에 막걸리 한잔하며
정담 나누는 모습

방방곡곡 지방인
이방인
사투리와 외국말로
왁자지껄

낯선 사람끼리 어깨
부딪쳐도
방긋 웃고 마는
광장시장 골목 통

전통시장 옛 숨결이
살아 벌렁거린다.

국사봉에 올라

'라이언 킹' 닮은 초원의 왕자
국사봉 야트막한 귀여운 산

개나리 진달래 벚꽃 향연으로
삶의 찌든 마음을 달래준다.

아득한 옛날 충령에게 세자 자리
물려주고
아침마다 국사봉에 올라

강 건너 멀리 경복궁 바라보며
동생의 선정 빌던
양녕대군의 거친 숨결 소리

오백 년이 지난 지금도 변함없이
메아리로 들려온다.

그랜드 캐니언

신이 공들여 만든 온 누리
염통 열고 손질하다
깜박 잊고
하마터면 두 동강 낼 뻔한
그랜드 캐니언

인디언이 숨 쉬는 곳
콜로라도 강물이 변함없이
간질음 태운다.

아찔한 천 길 낭떠러지
맥박은 빨라지고
가슴은 두근두근

오묘하게 생긴 기암절벽
구름 위에 큰 붓 들고

통 큰 서양화 그리는 신선
이리 오라 손짓한다.

꽃사슴

서울의 숲 꽃사슴
우리 속에
갇혀 있는 것도
모른 채

머리에는 월계수
흰 점박이 꽃무늬로
몸단장하고
던져주는 먹이에는
아랑곳하지 않고

관람객들 바라보며
머리를
절레절레 흔든다.

철망 속 꽃사슴
삶에 찌든
관람객 지켜보며

되레
근심 어린 표정으로
안타까워한다.

낙숫물 소리

덕수궁 중화전 처마 밑에 떨어지는
낙숫물 소리
텅 빈 궁궐의 정적을 깨트린다.

궁궐 떠난 임금님마저
돌아오지 않는 덕수궁 뜰에

빨강 루주 바르고 예쁘게 단정한
백일홍 한 그루
임을 기다리며 눈물 흘리네.

우리네 인생 한번 가면
기다려주는 임마저
다시 볼 수 없다 생각하면

중화전의 처마 밑 낙숫물 소리
크게만 들려오네.

남태령 비련

삼남 가는 남태령 봄나들이
차량 행렬 붐비고
고갯마루엔 목련꽃

한 아름 다소곳이 피어나
그윽한 봄 향기
물씬 풍기건만

그 옛날 선비의 높은 기백
다 꺾이고 죄인 되어
소달구지 끄는 함거(檻車)에
갇혀 천 리 길
귀양살이 떠나는 임 그리워

남태령 고갯마루에 숨어서
등나무 부둥켜안고
남몰래 눈물 흘리던
소복 입은 그 여인은 어디 가고

짝 잃은 기러기만
청승맞게 목 놓아 운다.

동해바다 신이 되어

화진포 앞바다 손 뻗으면
닿을락 말랑 작은 돌섬

고구려 광개토대왕 영혼이
숨 쉬는 궁전

하얀 물대포 품은 검푸른 파도
대왕릉 지킨다고
으르렁거린다.

만주벌 호령하던 대왕의
높은 기상
동해바다 신이 되어
죽어서도 나라 지키는
장엄한 모습

화진포를 찾은 나그네의
심금을 울린다.

* 화진포 앞바다 돌섬이 광개토대왕릉이라는 전설이 있음

두타연 애가

백석산 골짜기 전장에서
젊은 용사가 남몰래
흘린 눈물

긴 세월 마르지 않고
흘러내리는 두타연

광풍이 몰아쳤던 그때
그 시절 잊지 않으려
제 몸 꼬집어 불사르는
단풍나무 한 그루

민통선 안에 떠도는
젊은 영혼 달래주는
향불이런가

얼굴엔 겹겹이 주름살 낀
소복 입은 미수의 아낙네

노란 손수건 들고 온
손자 손녀 껴안고
저렇게 하염없이
눈시울을 적실까.

로마 이야기

웅장한 콜로세움과 개선문 도로로
로마노와 나보나 광장에는
2천 년 전 고대 로마가 아직도
살아 숨 쉰다

바티칸 박물관과 성 베드로 성당
미켈란젤로 최후의 만찬
다빈치의 천지창조

트레비 광장의 분수에 행운의
동전 던지기
산타마리아 성당의 진실의 문에
손 넣기

스페인광장 오드리 헵번의
아이스크림 계단

고대 근세 현대가 공존하는
로마 이야기 잊을까 두려워
내 마음의 백상지에 마구
그려놓는다.

백제 위례길

백제 옛 도읍지 위례 길에도
가을이 찾아 왔다.

강바람에 코스모스
수줍은 듯 미소 짓고
길섶엔 풍만한 국화꽃
한 송이 피어있다.

천년하고도 두 번이나 지난
세월의 무게 앞에
옛 도읍지의 흔적은
간데없고
한강 물만 유유히 흐른다.

오늘도 대지는 그 자리에
있건만

뭐 하러 조각난 저 달은
강물을 건너서
세월을 보내려 하는 건지.

베니스여행

물 위에 둥둥 떠다니는
낭만의 도시 베니스

빌딩 숲 사이로 거미줄처럼
뻥 뚫린 물길 위로
택시 버스 쌩쌩 달리고

바람이 불면 베니스는
거대한 범선이 되어
지중해 아드리아 해안을
넘나든다.

물길 따라 움직이는
낭만의 베니스여행

내 마음을 통째로
흔들어 놓는다.

보길도에 쪽배 타고

남해바다 출렁대는 아름드리
파도에
밀려갔다 밀려오는 부초 같은
작은 섬

옛 시인이 제주도로 유배 가다
풍랑 만나 머물던 보길도에
바닷새 벗 삼아
차도선 타고 한숨에 달려간다.

작은 섬 떠받히는 솜털 물결은
나를 반겨주며
이제야 왔느냐고 저들끼리
속삭인다.

세연정에 외로움 말끔히
씻어내고 쪽배 띄어
푸른 바다에 고기잡이
나가볼까.

* 보길도는 윤선도 시인 13년 동안 머물던 곳

빨간 뱀딸기

새벽에 숲길을 걷는다.
길섶 덤불에
아침이슬 내려앉은
하나 남은 뱀딸기
유난히 빛난다.

뱀을 유혹하는 모습 보이면
안 된다는 것을
누구보다도
잘 알 것 같은데도

미련하게도 뱀딸기
허영심에 사로 집혀
빨간 루주 예쁘게 바른
동그란 얼굴
위험천만이다

이젠 혀 넘실거리며
탐스럽게 생긴 예쁜 딸기만
찾아다니는 도마뱀
눈에 띄면
한입에 끝장이다.

어울리지 않는 뱀딸기
과도한 허세
나도 언젠가
무너질까 두렵다

* 2019. 심상지 해변시인학교 특집에 게재 시

삼성성지 순례

예전에 왔던 기억을 더듬어 묻고
또 물어 먼 산 돌고 돌아 다시 찾은
삼성성지 십자가의 길을 걷는다.

삼성산 숲속에 잠든 3인의 성인
앵베르 라우렌시오 주교
모방 베드로나 신부
샤스탕 야고보 신부
1839년 한강 새남터 모래사장에서
군문효수 형으로 순교하였다.

'임들의 피로서 증거한 복음과 함께
임들의 자취는 이 땅에 영원하리.'

묘비에 새겨진 구상 시인이 시 한 수가
눈에 쏙 들어온다.

원죄 없는 성모 마리아의 손길로
성인을 보살펴주는 하얀 모습
성지의 아늑함을 더해 준다.

칼바위 능선에서 길 잃고 헤매며
기진맥진 허탈했던 마음도

먼 이국땅에서 목숨 바친 성인들의
무덤 앞에서는 어느 한순간에
사라지고 엄숙해진다.

서울 둘레길 걷기

서울 둘레길 초립부터 바위가
즐비한 험한 길

온몸엔 식은땀이 흠뻑 밴다.

앞서가는 사람에게 슬그머니
손도 내밀어 보지만
숨이 가쁘다

엥베르 성인의 비문
'사람들의 영혼을 구원하러 왔소.'

호압사 동자승 해맑은 미소에
힘을 보탠다.

지친 몸 오늘 다 못 걸으면
내일 걸어도 되련마는 하며
마음 푸는 순간

서울 둘레길 5-2코스
석수역 종착점에 다가섰다.

성벽 지키기

한양 도성 무너질라
떠받친다고
실핏줄까지 터진 담쟁이

가을 보내기 아쉬운 듯
땀으로 물든 갈옷
미련 없이 벗어 버린다.

찬 서리 내려 담쟁이
움츠러들면
성벽 누가 지키랴

내 몸같이 낡은 성벽
눈이라도 내려
포근히 안아줬으면

세손의 눈물

사도세자 뒤주에 가두고
못질하는 영조 임금의 분노
누가 막으랴

몰아쉬는 가쁜 숨소리
잦아드니
귀신 쫓는 회화나무 괴목도
슬퍼서 눈을 감고
팔다리 비틀어
돌아앉았구나.

아버지 살려 달라고
열 살 나기 어린 세손
멍석 깔고
아홉 날밤 간청하며
흘린 눈물

이백오십 년 지나서도
마르지 않고

눈 녹은 눈물과 어우러져
사도 시신 나간

창경궁 옥천교에
넘쳐흐른다.

영금정의 아침바다

동해바다 수평선 넘어 달려온
검푸른 파도 포말을 그리며

영금정靈琴亭에 부딪치며 내는
은은한 신비의 거문고 소리
풍류객의 심금을 울린다.

큰 몸체로 이글거리는 태양마저
삼켰다가 내뱉는 동해바다

유연한 몸매로 수많은 생명체를
품어주고

산과 들 어디서 왔는지 묻지도
않고 아름답게 엮어내는
연금정 아침바다

미소 띤 붉게 물든 예쁜 얼굴
보기만 해도 마음이 황홀하다.

* 연금정 속초 앞바다에 있는 돌 바위

아차산성

손에 잡힐 듯 한강 물
유유히 흐르는 아차산

천년 묵은 산성에
쬐금 남은 여름
아쉬운 듯
등산객으로 붐빈다.

미끌미끌 장판바위
조심조심 능선 길
아차 하면
강물에 곤두박질
가슴은 두근두근

강바람 산바람 어우러져
이마에 맺힌 땀방울
씻겨준다.

산성 보루엔 그 시절
장수의 거친 숨소리
아직도
들리는 것만 같다.

올림픽의 백미

올림픽 참가국이
역사상 최대라고

안도라 몰타 통가…
너무나 생소하다

선수도 달랑 한 명
입장식 참가가 전부

남태평양 섬나라
통가 선수
피타 타우파토푸아
Pita Tauftofua

살 에는 영하 20도
추위에도
웃통 훌랑 벗고 깃발
흔드는 근육 맨

달항아리 올림픽의
백미로
영원히 기억하리라

외돌괴

망망대해 큰 바다에
고기잡이 나간 하르방
손꼽아 기다려도
돌아오지 않아

망부석 되어버린
외돌괴 할망 바위

삼매봉 바닷가에
꿈적 않고
먼바다 바라보며
외로이 서서

밀려오는 파도에
부딪칠 때마다
하르방 생각에 속절없이
하얀 눈물 펑펑
쏟아내며 통곡한다.

길 가던 나그네도
애처로움에 마음이
뭉클해진다.

용의 눈물

논바닥 갈라진 거북등
목 타는 농민
하늘 보고 땅을 치며
울부짖는다.

영혼이 있다면 죽어서
내 기일에라도
비 내리게 하겠다던
태종 임금

백성 위한 그 마음
육백 년 지나도록 변치 않고
헌릉 혼유석 밑에
한톨 한톨 모아두었던
용의 눈물

올해는 윤 오월 십일에
번개 불 천둥소리 울리며
가뭄 해갈 장대비 내린다.

운현궁의 겨울

노안당에 근엄한 모습으로
문무백관 호령하던
집주인은 온데간데없고
그 자리엔
마네킹만 외롭게 앉아 있다.

솟을대문 활짝 열어놓고
손님 맞을 준비 다 해도
찾는 객은 드문드문
진눈깨비 내리는 툇마루엔
냉기만 더하다.

문전성시 옛 모습 어디 가고

빌딩 숲에 빠져버린 황망하기
이를 데 없는
텅 빈 기와집 몇십 채만
덩그러니 남아 있네.

울릉도에 가다

동해바다 수평선 너머
떠오르는 태양
오늘따라 더욱 붉게
타오른다.

해풍에 부서지는 하얀
파도 소리가
내 마음을 설레게 한다.

뱃전엔 갈매기 맴돌고
바다엔 오징어가
펄펄 뛰며 반긴다.

흰 구름 사이로 성인봉이
살포시 미소 짓는
언덕마루엔 흙 비둘기가

울릉도에 첫발을
내가 딛는 나보고
'어서 오라' 손짓한다.

* 2019. 6. 10. 울릉도 여행 중

인사동 길

탑골공원 원각사지
10층 석탑
비둘기 한가로이
노닐고

3·1운동 만세 소리
잔잔히 들리는 듯

물 건너온 사람끼리
옷깃 스쳐
지나치는 인사동

화랑 필방 골동품점
즐비한 사이로
전통 찻집과 토속
음식점
왁자지껄 웃음꽃
피어나고

매일같이 잔치 날인 양
한옥 집 옛 주인이
가쁜 숨소리
귀가에 맴돈다.

정동의 가을

덕수궁 돌담 따라
정동의 가을을
걷는다.

붉은 벽돌 교회당
공사관과 소극장이 어우러져
고풍스러움 뽐내고

무르익은 노란 은행잎
때마침 한 줌의 가을바람에
낙엽 비가 되어

앞서거니 뒤서거니
보도에 떨어져 포개진다.

지금 정동의 가을은
나뭇잎 떨어지는 한 폭의
수채화를 그려나가는 중

차마 수채화를 더럽힐까
부끄러워 발걸음을 돌린다.

천상의 우체통

백운산 하늘길 높은 곳
천상의 휴식처
곤돌라 타고 올라가니
마운틴 전망대
동서남북
뱅글뱅글 돌아간다.

산 아래 흰 구름 몽실몽실
피어나고
산바람은 몸과 마음에
대롱대롱 달려 있는 땀방울

풀 섶에 맺혀 있는 이슬처럼
어느새 가져간다.

날 부르는 풀벌레 소리에도
귀를 쫑긋 세워본다.

저기 외롭게 홀로 서 있는
천상의 빨간 우체통
사연 쓴 내 편지 빨리
넣어달라고 방긋 웃는다.

정이품 소나무

속리산 소나무 임금이 탄
연輦 지나간다고
솔가지 들어 올리고
정이품 벼슬 하사받아
벼락출세

천연기념물로 지정하여
혈통보존 한다고
야단법석
대 잇게 혼례까지 치러
2세 배양

벼슬이 뭐 길래
구름처럼 모여드는
공시생과 출마 서생

소나무도 하는 정이품 벼슬
평생 노력해도
하늘의 별 따기

온갖 눈치 보고 아부 아첨

줄서기와 편 가르기
허구한 날
쇼가 난무하는 벼슬아치

낯 뜨거운 모습 보기조차
민망하다.

템스강

템스강에 크루즈
타고 달린다.

타워 브릿지는 높이높이
나무다리 런던 브릿지는
흔들흔들

쉬지 않고 돌아가는
커다란 빅벤
웨스트민스터 사원엔
불야성

여왕 사는 버킹엄궁엔
근엄한 근위병도

템스강은 오늘도
새 역사를 써 내려가며
유유히 흘러간다.

파리 야경

우뚝 선 나폴레옹 개선문
샹젤리제 마로니에
관광객으로 불야성
파리는 낭만의 도시

센강 유람선에
들려오는 우아한
메아리

에펠탑 불빛은
파리의 등불

강변에 고풍스러운
박물관 미술관
빌딩 숲

가로등 별빛 따라
파리가 춤을 춘다.

폐철로

덜거덕거리는 기차발통 소리
멈춘 지
오래된 경춘선 폐철로
눈길 위를
사뿐사뿐 걷는다.

처마 밑 고드름 따서
오드 득 오드 득 씹으며
눈사람 만들고
썰매 타며
눈싸움하던 그 시절

잠시 꿈꾸는 동안

한없이 뻗어 나간
폐철로 끝 동화 나라에서
동심 실은 눈꽃 열차

기적소리 울리며 폐철로
위를
숨 가쁘게 달려온다.

한라산 연가

한라산 봉우리 옥황상제 화가 나서
뽑아버린 그 자리에
은하수 담아낸
별이 반짝이는 작은 호수 백록담

신선 태우고 다닌다고 목마른
흰 사슴 물 먹고 쉬어 간다.

봄에는 진달래 철쭉꽃 피우고
가을에는 빨간 노랑 옷 갈아입어
춤을 추며
태풍 막아 주는 한라산
신비롭기만 하다.

영겁의 세월 동안 온갖 풍상 견디어
내노라
얼룩진 반백의 한라산

오늘따라
억새꽃 핀 칠순의 내 얼굴
닮았네.

한성 돌담 쌓기

무너진 성벽 다시 쌓은 돌담
곰보 돌 모난 돌 사각 돌
모양도 색깔도 시기도 제각각

팔을 뻗쳐 성벽을 안아도
보고
입맞춤도 해본다.

선조들의 혼이 담긴 돌담에는
이끼가 묻어나고
돌 틈 사이엔 민들레가
피어났다.

무너져 내린 돌담 그대로
두면
역사 공부라도 바로
할 터인데

허구한 날 돌담 쌓기
보기만 해도
발걸음이 무거워진다.

황제정원

나폴리 잔잔한 앞바다
멋진 소렌토 항구에서
유람선 타고 카프리섬에
유유히 달려간다.

푸니쿨라에 몸 싣고
섬 절벽에
엉금엉금 기어오르면

바위 위에 잘 가꾸어진
황제 정원
발아랜 지중해가
끝없이 펼쳐진다.

여기가 아우구스투스 황제
마음까지 흔들어 놓았던
지상낙원이 아니던가.

세월이 겹겹이 흘렀지만 지금도
변함없는 한 폭의 수채화
내 마음을 한없이 설레게 하네.

* 2019 여행문화 9-10월호 게재

휴전선

병사의 살점 혈점 얼룩진
휴전선 따라 핀
자줏빛 청잣빛 두견화
태극무늬 닮아
섬찟하다.

한 맺힌 영혼의 메아리
담은 접동새 한 마리
오늘따라 새벽부터
철책선에 앉아
목 놓아 운다.

임 찾아 나선
소복 입은 아낙네도
철조망 붙들고
눈물 훔치며

아직도 폭연이 그대로
남아 있는
DMZ에 낀 검은 안개
걷힐 날만 손꼽아
기다린다.

제5부 둥지를 찾아서

내 고향마을 삼도 일동 386번지

초가삼간 대청마루 대들보엔

제비가 둥지 틀고

갯바위

북태평양 드넓은 바다 집채만 한
높은 파도

온몸으로 막아낸다고
상처투성이 다된 갯바위

그 위에 조심스레 걸터앉아
세월을 낚는다.

마음은 과거의 싱싱한 동심으로
덜거덕덜거덕 역주행하는
완행열차에 올라탔다.

엄지만 한 작은 자리돔 입질에도
짜릿한 손맛 감돌고

얼굴엔 웃음꽃 활짝 피우며
세월마저 걷어 올린다

고향집 돌배나무

고향집 돌배나무 한 그루
봄이면 모락모락 하얀
웃음꽃 피어나고

여름이면 아기 돌배
올망졸망 열린다.

가을이면 깨물어도
씹히지 않는 딱딱한 돌배
우수수 낙엽처럼 땅바닥에
떨어져 나뒹굴고

겨울이면 맨몸으로 칼바람
막아 주던 고향집 돌배나무

낮에는 햇살 가려 주고
밤에는 달과 별 걸어놓던
정든 돌배나무

초가삼간 고향집 헐리고는
너마저 잘려나갔구나.

긴 세월 장승처럼 지켜주던
그리운 나의 벗
고향집 정든 돌배나무

구피의 작은 꿈

작은 어항에 사는 열대어 구피
더 큰 세상으로 나가보려고
쉼 없이
어항 속을 휘젓고 다니며
몸만들기에 한창이다.

사각의 유리 어항에 갇혀 있는 것도
모르는 듯
번번이 유리 벽에 들이박고
어항 바닥에 곤두박질한다.

언젠가 새끼만이라도 고향
아마존 큰 강물로
보내려는 건지 하루가 멀다고
임신과 출산을 거듭한다.

구피의 작은 꿈 누가 막으랴

내 인생의 가을

낙엽이 나뒹군다.

자유를 만끽한다.

나도 그렇다.

길 잃은 왜가리

따가운 햇살이 소낙비처럼
쏟아지지는 여름날 오후
양재천변 길을 달린다.

은빛 길 잃은 왜가리 한 마리
놀란 듯 풀 섶에서
두리번거린다.
곁으로 다가서려 하자 저만큼
날아간다.

송사리 피라미 미꾸라지
꼬리치며 노니는 것 보고

저 왜가리 철새라는 것도
잊은 채 제 갈 길 잃고
외톨박이 텃새 되었구나.

양재천에 걸 자란 수풀
베어내자
길 잃은 왜가리 어쩔 줄 몰라
창공을 휘젓고 다닌다.

'왜가리 야 사람이 그토록 미덥지
않느냐'
솜사탕 같은 부드럽고 달콤한
너의 마음 잘 안다.

양재천 풀 섶에 새 둥지 틀고
나와 같이 오래오래 살자꾸나.

낭만의 파티

아기 업은 중년 여인의 아름다운 모습
부아산負兒山

매가리 먹고 싶은 욕심에 849계단도
한걸음에
높디높은 402.7m 산봉우리 정상에
올라섰다.

저 멀리 산과 산 사이로 쬐금 보이는
통영 앞바다
검푸른 파도가 하얀 이빨 드러내어
매가리 잡는다고 광란의 춤을 춘다.

산 정상까지 매가리 굽는 향긋한 냄새에
취해 한 뼘 쉼 없이

지난겨울 서풍이 불어올 때도 참고
견뎌온 푹신푹신한 갈참나무 낙엽을
사뿐히 밟으며 달려온 낭만의
매가리 파티장

귀하디귀한 구운 매가리 두 마리하고
덤으로 갈치젓 부추전 풋상추 아욱국에

오랜만에 산벗 들벗 만나 입맛 돋우며
왁자지껄 파티 열기 더한다.

티 비에서나 본 듯한 아낙네들
손놀림으로 한나절 따가운 햇살에도
파티장은 함박 웃음꽃 피어난다.

누님은 울보

창밖에서 누님이
울고 있다.
자다 말고 깨어나
창가에 다가섰다.

그때 그 여름 내가
마지막으로 눈을
감겨드릴 때 누님은
꿈 많은 여고 3년생

창밖에는 칠흑 같은
어둠이 깔려 있다.

반평생 지났는데
막내 누님
여고생 티 못 벗고

오늘 밤도 창밖에서
펑펑 울다 가네.

눈썰매

고향마을 뒷동산에서 눈썰매
타고 평창올림픽 언덕
지날 무렵

해골 썰매로 잽싸게 갈아타고
납작 엎드려 가속 페달 밟아
무서운 속력으로 내달렸다.

마침내 결승선 1착
우와 황금 낚았네.

하늘 높이 폭죽 터지고
팡파르 소리도 우렁차게
그동안 쌓인 고통 한꺼번에
말끔히 씻겨 나갔다.

어느덧 내 마음도 설날
눈썰매 타던
어린 시절 동심으로
돌아갔다.

눈사람

눈 뭉치 돌돌 말아 만든 커다란
배불 떼기
몸통 위에 눈덩이 머리통 올려놓고

숯덩이로 코와 입 눈 박아놓고는
호호 불며
나보고 눈사람이라고 좋아하네

언감생심 흉내도 내지 못할 멀쩡한
눈사람이라니
이보다 더 고마운 일 어디 있나

두 팔 벌려 기지개도 활짝 펴고
살금살금 걷고도 싶은데
팔다리는 왜 안 만들어 주지

누군가에게 꼭 안기고도 싶은데
차갑다고 옆에 서서 사진만 찍고
가네.

차가운 몸이라서 속마음마저
차가운 줄 아는지

사람들은 겉만 보고 차갑다고
발길 돌리네.

눈사람도 알고 보면 마음씨 고운
동네 아저씨라네

느티나무 왈츠

삼성혈 등에 지고 앞에는 한라산
햇살이 유난히 빛나는 양지바른
양택 자리 제주광양光陽초교

논두렁 등굣길은 질퍽질퍽해도
계절 따라 분꽃 벼꽃 코스모스
피어나는 미니학교

60년 회갑 지나 다시 찾은 교정은
도심 한복판으로 변했는데

그 때 그 시절 선생님
코흘리개 짝꿍 다 어디 가고

느티나무 한 그루만 나를 반갑다고
봄바람에 신나게 왈츠 춤을
추고 있네.

당신의 뒷모습

당신의 얼굴만 보며 산다.
그건 아니고

난 그대가 볼 수 없는
뒷모습도 보며 살지

소중한 당신의 뒷모습
밥 먹고 등 따시면
살 맛 난다고 했듯이

늘 화려한 건 아니지만
나이 들고 등 굽으면
모든 게 그만

지금 보는 믿음직한 당신의
뒷모습

진정 그대의 참 모습은
아닐는지

덩굴 등나무

연정 캠퍼스 덩굴 등나무 밑에
등 기대는 것만으로는
모자라서 어깨동무하고

조이면 풀어주고
느슨하면 조이면서
우정을 나누며
쉼터 벤치에 그늘막
되어주고

찬 서리 내릴 때는
나裸몸 서로 부둥켜안아
온기 나누고

꽃 피면 기쁨 더하며
우정을 다졌던 그 때
그 시절

광복관 등나무 밑에서
즐겼던 추억의 속삭임

겹겹이 세월이 흘렀건만
또렷이 귓전을 울린다.

동화책

숲속의 실개천에 발을
담그고
동화책을 살며시
열어 본다.

바위틈새 작은 물줄기
방울방울
옹달샘 조약돌에 부딪히며
반주를 하고

새소리 벌레소리 바람소리
소곤소곤 속삭이면
다람쥐 청설모는
곡예를 부리고

찔레꽃 철쭉꽃 모란꽃도
활짝 피어나며
벌 나비는 춤을 춘다.

동화책을 눈으로 보노라면
심신의 피로는 저절로 풀리고

어느새
동화 속의 왕자가 되어
입가에 휘파람이
절로 난다.

둥지를 찾아서

내 고향마을 삼도 일동 386번지
초가삼간 대청마루 대들보엔
제비가 둥지 틀고

뒤뜰엔 돌배나무 한 그루 앞뜰 텃밭엔
무 배추 가지 마늘 채소가 사시사철
풍성하게 자라나고
도랑 너머 논밭에는 벼이삭 누렇게 익어간다.

10여 호밖에 안 되는 작은 동네 마을
마을 한편에 선두 샘이 콸콸 솟아나고
윗물 아랫물 두 개 연못에선 미역 감고
개구리 미꾸라지 잠자리 잡으며

동네 애들과 찔레 산딸기 머루 따 먹고
술래잡기 공놀이 자치기 딱지치기 제기차기
눈싸움하던 유년 시절 뒤로 하고

청운의 부푼 꿈을 간직한 채
공부하러 고향마을 떠나던 날 그리워
다시 찾은 고향마을 지금은

초가삼간은 흔적조차 온데간데없고
낯선 건물과 사람들만 왔다 갔다
허전한 텅 빈 옛 고향마을

어디 갔나 봤더니 가슴 속에 둥지 틀고
향수에 담뿍 젖어 있네.

동그란 왕 벚꽃

하늘 덮은 동그란 왕 벚꽃
만발한 교정

공부도 한 단계 높이고
마음껏 뛰놀며
부푼 꿈을 키웠던
제주 제일중 다니던 시절

그 때 같이 놀던 급우들
다 어디 가고
교실조차 사라진 그 자리엔
웬 낯선 아파트만

오랜 세월 흘러가도
동그란 왕 벚꽃나무는
그대로 남아

그 때 그 시절
그리움으로 몽실몽실
다시 피어난다

둥치 덩치

하늘 돔을 연두색 잎으로
가려버린 동네 느티나무

괴석 같이 다져진
둥치로
하늘 돔 떠받친다.

세월을 먹고 살아온 둥치
동네 쉼터에 시원한
그늘 만들어 주며

천년을 버티고도
끄떡없다.

덩치만 큰 너 몇십 년 살았다고
그렇게 느려 빠진 건지
가슴 아프다.

등굣길 추억

부산 승학산 중턱 산비탈에 허름하게
목재로 지은 부산 동아고
책가방을 배낭 삼아 어깨에 둘러메고
아침마다 비탈진 산기슭 끙끙대며
오르던 등굣길

지각하면 엉덩이에 불방망이 날아들고
학원 전단 받았다간 입에 물고 토끼뜀도
개나리 진달래 철쭉꽃이 그나마
힘내라고 함박웃음으로 반겨 준다.

똥 볼 차면 운동장 절벽 아래로
떨어질라 마음조이고
시험지는 마분지 찢어질라 조마조마

수업 시간은 멀쩡하게 눈뜨고 잠자는 시간
비몽사몽 중에도 빵 먹는다는 말은 그리도
크게 들리는지 눈 번쩍 뜨면 왁자지껄

반평생 지나고 보니 정든 목조교실
흔적 없이 뜯겨나가고 그 자리엔
아파트가 웬 말인가

똥 고 변두리 촌 동네로 이전하였다는
소식 듣고 한 번쯤 가보리라 차일피일
미루다가 이젠 학교마저 잃어버렸네.

세월의 무게 앞에 잃어버린 모교지만
그 때 그 시절 등산하듯 다니던
비탈진 등굣길 추억이야 어찌 잊으랴

마라도 작은 섬

뱃머리 맴도는 갈매기
한적한 마라도 포구에
유람선이 닻을 내린다.

바위섬 바닷가 물속
소라 캐는 아낙네
몰아쉬는 거친 숨소리

제주도 어미 섬이 끌어주는
작은 섬
대한민국 국토 최남단
마라도 등대엔
태극기가 갯바람에 나부낀다.

마라도 작은 섬 한발 한발
내디딜 때마다

여기도 내 나라 내 땅
마음이 뿌듯하다.

마로니에 향기

풍성한 마로니에 숲 대학로
파리의 상젤리제 가로수를
옮겨놓은 듯
마로니에 향기가 넘쳐난다.

젊음을 불사르며 학문에 정진했던
작은 캠퍼스 지에스피에스

남풍이 불 때면 마로니에 그늘에서
심호흡하고

서풍이 불 때면 마로니에의 벤치에
앉아 낙엽이 구르는 모습을 보며
가슴 설레던 곳

관악산기슭으로 캠퍼스 옮겨간
그 자리엔 공원으로 탈바꿈하여
낭만의 쉼터가 되었네.

마로니에 그윽한 향기에 젖어
큰 꿈을 만들어가던 학창시절
불길처럼 추억이 되살아난다.

막차 놓치고

선달 그믐날 그만
고향 가는 막차를 놓쳤다
돌아서려니
발걸음이 무겁다

남녘 고향 하늘엔
우수에 찬 별 하나
나를 달래려는 듯
빙긋이 웃는다.

저 별은 고향 못 가는
나의 심정을 알고
있으려나.

온몸이 부들부들 떨리고
마음은 천근만근 괴롭다.

어느덧 속눈썹엔 눈물이
얼어 고드름이 맺혔다.

이게 향수로구나.

* 2019. 상반기 심상 등단 시

만년설

산악열차 끙끙대며
숨 가쁘게 달려온
3400m
융프라우 만년설

영겁의 세월 동안
차곡차곡 눈송이
쌓아 올린
마터호른 영봉

하늘마저 뚫으려다
부서진 얼음 조각
빙하로

알프스 설원에 서면
눈은 한없이 부시고
다리는 후들거린다.

겨우 평상심 찾은
내 마음
뽀얀 솜사탕처럼
설렘이 샘솟는다.

* 2019 계간 여행문화 11-12월호

몸짓하나 말 한마디

'침묵하면 금이고 말하면 은이라던 가'
속마음 어찌 알리오만은 관심법도
있다고 하니

몸짓하나 얼굴 표정 움직임에도
조심 또 조심

무심코 내뱉는 고운 말 한마디가
천 냥 빚도 갚는다고 하지만

한번 내뱉은 비정한 말 한마디
만인에겐 상처만 안겨준다.

겉과 속이 언제나 같을 수만은
없는 것이 인생살이

몸짓하나 얼굴 표정 말 한마디
넉넉한 보름달같이 인자함이
묻어나야

밤하늘 스케치

별이 총총히 수놓은
천구본 쏙 스캔해서
눈에 담아놓고
별자리 스케치한다

별과 별 동아줄로 이어
나가면 황소가 움직이고
게는 꿈틀 곰은 재주부린다.

북극성에 점 하나 찍고
스케치도 마무리

별똥별 떨어지고 어느덧
새벽녘
밤하늘의 스크린도어
닫히면
스케치해둔 별자리도
사라진다.

그래도 밤하늘 스케치하며
눈에 익은 고향의 밤하늘
잊을 수 없어 그리움이
날개를 편다.

벽에 걸린 괘종시계

어머니는 앞마당에 초가집 그림자가 시계다
눈비 오는 날만큼은 벽에 걸린 괘종시계
둔탁한 종소리 손가락 꼽아 가며
시간을 헤아렸다.

내가 가르쳐드린 대로 어머니는 작은 시곗바늘의
눈금을 하나둘 헤아리며 시간을 세기도 하였다.
그것뿐
더 이상 시간을 아는 것은 정신 사납단다.

오랫동안 어머니는 병석에 눠계시다가
시간 가는 것도 모른 채 돌아가셨다.

내 나이 들어 시간 가는 소리 똑닥똑닥
듣는 거 정말 두렵다. 다행히도
벽에 걸린 괘종시계 뎅그렁거리는 소리
멈춘 지 오래다.
태엽도 풀린 채 맨날 그대로다

어머니가 돌아가신 후 고장 난 괘종시계
거실 벽 장식품이 되었다.
골동품 다된 시계 볼 때면 내 모습

보는 것 같아 반들반들 열심히 닦았다.

그런 내 심정을 아는지 고장 난 괘종시계
하루에 두 번만 6시가 되면
시간 알려 주며 멋쩍은 듯 빙그레 웃는다.

벽에 걸린 괘종시계 작은 시침 고장 나면
혹시 시간이 정지되는 건 아닐까
하는 궁금증이 점점 늘어만 간다.

* 2020. 7. 문학秀 게재 시

보랏빛 양애꽃

독승물 노릇물 물맛 좋아 학동들이
서당에서 글 읽는 소리 넘쳐났던
해안 리생이 고향마을

4·3으로 잃어버린 조상님 옛 집터
돌담 밑에 다소곳이 피어난
보랏빛 양애꽃봉오리

부처님의 제자 반특의 환생인가
돌아온 조상님의 영혼인가

불타버린 옛집 처마자리 밑에
올해도 양애 새순이
탐스럽게 포동포동 돋아났다.

혹시나 양애 꽃말처럼 건망증에
걸린 것이 아니라면

떠나버린 집주인의 영혼이
다시 찾아오나
기다리는 건 아닐까.

오랜만에 찾아온 조상님이 살던
잃어버린 리생이 고향마을
정적함에 되레 등골이 오싹하다.

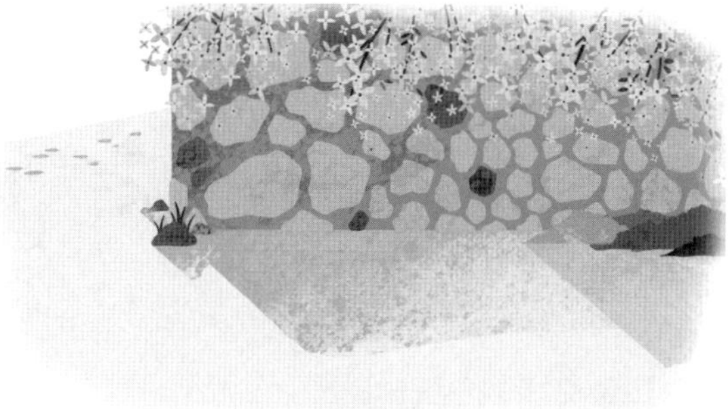

보금자리

서리 풀 반짝이는 아침이슬에
눈이 부시는 반포천 언덕마루에

예쁜 아내 맞아 신접살림
새 둥지 차리고
민석 소정 소현 낳아 키워내고

반포천 몽마르트르 우면산 한강공원
나다니며 낯익은 향수 만들어

한평생 떠나지 못하는 서리 풀
보금자리

“고향이 따로 있나 머무는 곳이
고향”

기쁜 일 슬픈 일 아쉬웠던
지난 40년 세월 돌아보면

서리 풀 새 둥지 보금자리
내 마음속 또 하나의
영원한 고향

불타는 십자가

서창 밖 유리 십자가
밤이 되면
하늘 높이 붉게
훨훨 타오른다.

주님이 몸소 성체
태우며 내는
성스러운 불빛
어두운 세상
지켜주어

온갖 날짐승 풀벌레
꽃과 나무
곤히 잠들게 하는
주님의 십자가

삶의 희망이요
영혼의 안식처

빈 깡통

마음이 흔들릴 때면
붓을 들고

손 가는 대로 그림을
그린다.

그림에 색칠할 때에는
뭉그러진 멍든 마음
몽땅 쏟아붓는다.

피카소 그림처럼
아무도 알 수 없는
흉측한 괴물
참말로 걸작이다

이제 내 가슴은
빈 깡통
너무나 후련하다

어머니의 그늘

어머니의 그늘 아래
큰소리쳤던 어린 시절

어머니의 그늘이 되리라
다짐했던 젊은 시절

고향집 처마 그늘마저
허물어진 중년 시절

어머니의 그림자마저
사라진 허전한 시절
몇 해던가

손꼽아 세어본다.

송년회 이야기

눈을 감으면 아련히 메아리로 들려오는
송년회 이야기 젊은 날의 로망
승진 혼사 이야기로 웃음꽃 피어나고
시 낭송 노래자랑으로 시끌벅적

술잔 높이 들고 저마다 새해 소망
'위하여' 건배도 으레 2차는 나이트

송년회 거듭하면 말 수는 잦아들고
애잔한 분위기만 연출
너 요새 안 보이더만 왜 그래
너 어디 아파
인사라기엔 너무 황망하다

친구의 슬픈 소식엔 가슴이 철렁
막걸릿잔 오가며 옛정 파노라면
어느덧 눈시울이 붉어진다.

자식 이야기는 늘 섭섭하지만
손자 이야기 그중 마음을 즐겁게 한다.

송년회 마무리 인사 잘 가거라
오래 살아야 한대
내년에도 꼭 다시 보자며 내미는
손등엔 주름살 검버섯이 덕지덕지

세월 가며 송년회도 쓸쓸함이 더해간다.

썰렁한 빈방

단간 방부터 시작한다고 다짐했던
신접살림
운 좋게도 방이 두 개 달린 전셋집
여유로움이 가득했다.

그것도 잠시 애들 자라며 빈방은
온데간데없다.

그것도 한때
애들 결혼하며 이젠 빈방이 두 개
이젠 내 공부방도 생겨났다.

이사할 때마다 버리고 버려서
내 공부방에는 남은 책이라곤
달랑 책장 두 칸

말동무는 애들이 쓰다 두고 간
컴퓨터 한 대

썰렁한 빈방
공부한다고 홀로 앉아 있을 때가
많아졌지만

공부는커녕 외로움을 삼키는 일이
늘어만 간다.

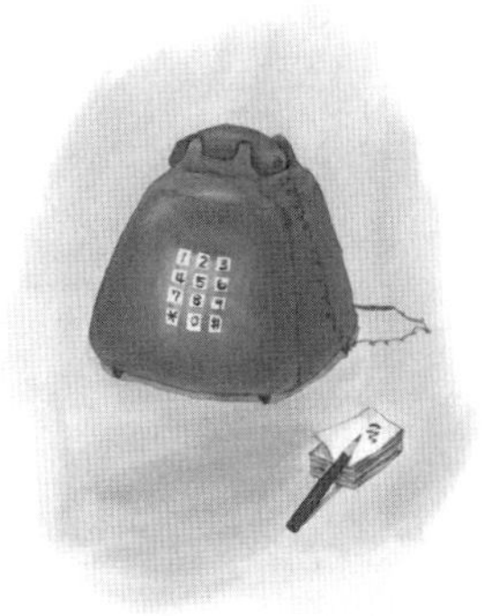

어머니의 선물

기다리던 아들 낳고 백일도 안돼서
어찌 눈을 감았나요.
그때 이별이란 것도 모르면서
저는 배고파 너무 많이 울었어요.

65년 만에 이장한다고
파묘하면서 본 어머니 모습
금니는 그대로인데 유골은 한 줌
그때는 눈물도 안 나오더라고요

화장터로 가는 유골 상자에
들꽃 몇 송이 꺾어 넣었지요.

이제 생각해보니 그 들꽃
제가 처음 어머니께 드리는 선물이었네요.
지금도 그 선물 보고 있겠지요.

어머니 울지는 마세요.
눈물은 선물이 아니니까요
저도 혼자 있을 때도
정말로 울지는 않아요.

어머니의 선물요.
그거야 제 몸뚱이
세상에서 가장 큰 선물이죠.

이삿짐 줄이기

신접살림 사십 년
이사는 열 번
살던 집은 헐리고
또 헐리고
전셋값은 오르고

전세살이 정들만 하면
또 이사
애 둘 결혼하고
딴 집 살림한다고 나갔지만
집안 살림 줄기는커녕
그대로

이사는 짐 버리기 연습

집 안 구석구석 어렵사리
모아둔
손때 묻은 짐 버리자니
눈물이 앞을 가린다.

막내는 이제 모두
내 것이라고 막아선다.

세간 살림 버리는 거
쉽지 않다.

언젠가 내 몸마저
훨훨 불태우고 떠날 때
서글픔 덜기 위해서라도

이제부터는 이사할 때마다
아쉽지만 이삿짐
조금씩 줄여 나가리라

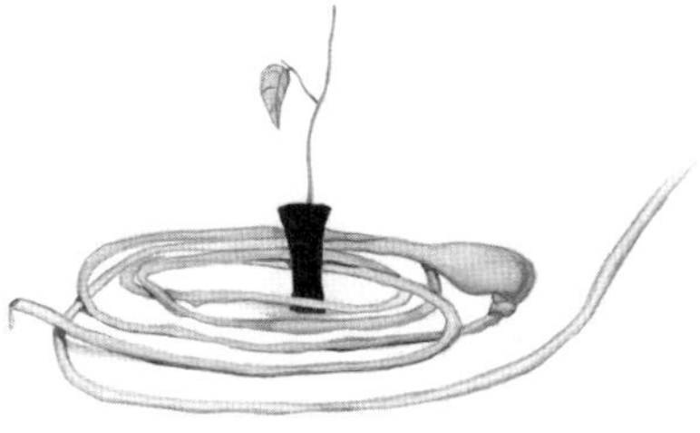

자갈치시장

뱃전에 갈매기 맴도는
만선의 고기 배
나팔소리 울리며
닻 내린다.

자갈치시장 골목
사람들 북적이고
말소리 숨소리
왁자지껄 요동친다.

오이소!
보이소!
사이소!

경상도 아줌매
투박한 목소리
발길 멈추게 한다.

멍게와 꼼장어 구이
소주 한잔에도
사람 냄새 물씬 풍기는
자갈치시장 통
비린내가 술안주

제비 부부

제비 부부 대청마루 대들보에
둥지 틀고 신접살림

어미는 먹이 사냥하노라
들락날락
새끼는 먹이 달라고 보챈다.

시끌벅적했던 고향집
부모님 세상 떠나고
고향 찾은 제비 부부

초가삼간 허물어진
옛 고향집 빈터 위
허공만 맴돈다.

찔레꽃

파란 하늘 눈 부신 햇살
초록빛 들판
고향마을 뒷동산

곧게 뻗은 돌담길에 활짝
미소 짓는 찔레꽃
작은 장미
그윽한 향기
벌 나비
분주히 날아들고

갓 깨어난 새순
빨간 찔레 따 먹다
가시에 엄지 찔려
호호 불던

아득한 그 시절
소꿉동무 찔레가
아지랑이 사이로
다가오네.

청송대

오백 년 살다 가는 저 소나무
아직도 하늘을 찌를 듯
청춘 그대로이고

청송대 소나무 그늘 아래
보랏빛 가방 둘러메고
가는
당찬 대학생 모습도
예전과 변함없는데

주름살이 이마에 겹겹이
채워진 채 캠퍼스 다시 찾은
반백의 노신사

머리띠 두르고
함성 지르던 그 시절
회상하며
눈시울 적신다.

혼수 피아노

낡아버린 혼수 피아노 세월의 무게
이기지 못하고 목소리를 잃었다.

한때는 우리 집 자랑거리 보물로
귀한 대접받았는데.
정기적으로 피아노 조율사 불러
음도 조율하고 윤이 반질반질 나게
닦아 주기도 하였다.

하지만 어느 땐가부터 찬밥신세다.
이사 갈 때는
이리저리 부딪쳐 상처투성이

아들딸에게 물려주려고 해도
탐내는 애가 없다.
버릴까도 생각해 봤다.
그것도 쉽지 않다.

사십 년 동안 혼수품 다 버리고
오직 하나 남은 피아노
더 이상 닦고 돌보려는 사람은 없다.

이 방 저 방 옮겨 다니며
홀로 우두커니 앉아서 잠만 잔다.
가끔 손자가 집에 올 때만
건반 놀이하는 것이 전부다.

우리 집 혼수 피아노 어느덧 아내도
저 피아노처럼 된 건 아니길

김한진 시집

삶이 뭐 길래?

초판 인쇄 2021년 06월 02일
초판 발행 2021년 06월 10일

지 은 이 | 김한진
펴 낸 이 | 노용제
편집기획 | 장서윤
펴 낸 곳 | 정은출판
출판등록 | 제2-4053호(2004. 10. 27)
주　　소 | 04558 서울시 중구 창경궁로1길 29 (3F)
전　　화 | 02)2272-8807
팩　　스 | 02)2277-1350
이 메 일 | rossjw@hanmail.net
홈페이지 | www. je-books.com

ISBN 978-89-5824-430-1

값 15,000원